우연의 생

김운하 에세이

우연의 생

P 필로소픽

우연만이 우리에게 어떤 계시로 나타날 수 있다.

필연에 의해 발생하는 것, 기다려왔던 것, 매일 반복되는 것은

그저 침묵하는 그 무엇일 따름이다.

- 밀란 쿤데라, 『참을 수 없는 존재의 가벼움』[1]

각 순간과 마주해 우리는 언제나

마치 그것이 영원인 것처럼 여기고 나아가야 한다.

그리고 각 순간은 우리에게서 다시 덧없는 것이

되어버리기를 기다린다.

- 모리스 블랑쇼, 『기다림 망각』[2]

(목차)

제 1 장

_____ 시간의 경첩

시간의 불가해한 중심, 지칠 줄 모르는 시간의 경첩은 쉴 새 없이 낮과 밤 들을 여닫고, 삶과 죽음, 기억과 망각 들을 뒤섞으며 대지 속에 운명이 새겨진 이야기의 피륙을 짜 넣는다.

불면의 밤이 가져다주는 정적과 고독의 한가운데서 한 남자가 책상 앞에 앉아 있다.

펜을 쥔 손이 가늘게 떨며 진저리 친다.

바닥없는 심연이 입을 벌리고, 영혼은 그 속으로 곤두박질친다.

망각할 수 있는 것은 아무것도 없다.

한 영혼의 내벽에는 도서관 서가의 책들처럼 지난 모든 과거들이 눈에 보이지 않는 단어와 문장들의 형태로 새겨져 있다.

천국이자 지옥인 그곳.

사랑과 고통, 추억과 회한, 매혹과 절망, 고뇌와 희열 들이 솟구쳤다가 고통스럽게 잦아들고 마침내 밤하늘의 먼 곳, 우리들 눈에는 보이지 않는 곳에서 빛나고 있는 성좌들처럼, 내밀한 비밀들로 한 영혼의 역사를 형성하고 채우고 있는 영혼의 밀실.

운명은 그 밀실에서 다만 몇 개의 본질적인 장면만을 길어 올릴 뿐이지만, 운명이란 것조차도 사실은 우연히 떠오른 하나의 환영幻影이나 꿈이 펼쳐 보이는 어떤 이야기에 불과할지도 모른다.

존재의 우연성, 벼락처럼, 섬광처럼 폐부를 찌르는 단어.

삶과 죽음, 행복과 불행, 사랑과 결별의 고통으로 우리 연약한 육체 위에 새겨지는 우연의 상처들.

책상 위에 펼쳐져 있는 텅 빈 백지의 노트 위로 깊고 어두운 밤의 흰 그림자가 어른거린다.

또 다른 시간의 경첩이 소리 없이 열린다.

제 2 장

___ 한 소년

우연의 시냇물들이 만나고 합쳐져 필연의 강물을 이루고, 그 강은 마침내 운명의 바다에 다다른다. 쿵쾅거리며 흐르는 시냇물에 나뭇잎 한 장이 떨어진다. 낙엽은 물의 흐름에 몸을 실은 채 꿈을 꾸고, 자신을 기다리고 있을 사랑과 행복의 어딘가를 고대하며, 그러나 실은 무정한 운명이 예비해 놓은 어딘가를 향해 기약도, 가늠도 없이, 가없이 흘러간다.

미래의 피카소를 꿈꾸며 그림 그리기에 열중하던 소년. 중학교 1학년 때 우연히 미술 선생님이 처음 미술반을 만들면서 뽑은 세 명에 드는 바람에 얼떨결에 시작한 그림. 얼마 안 가 그림 그리기의 재미에 푹 빠져 학업은 뒷전이고 오직 그림 그리기에만 열중하던 소년. 비록 집안은 가난했지만, 어떻게든 미래의 꿈을 포기하고 싶어 하지 않았고, 미술대학 진학을 목표로 준비해 오다가 마침내 마지막 관문인 대학입시를 약 두 달여 남겨 놓은 순간.

한 순간, 하나의 갑작스런 죽음이 그의 꿈을 산산조각 내고, 그의 삶은 최초의 추락을 경험해야만 한다.

소년의 행복한 에덴동산의 시간은 그 순간에 끝났고, 그는 이후 평생 에덴의 동쪽에서 방황하며 고뇌해야만 할 것이다.

그가 허겁지겁 병원으로 달려갔을 땐, 그의 아버지는 이미 싸늘하고 창백한 죽음의 형태로 그를 맞았다.

아버지의 죽음, 그것은 너무나 돌발적인 사건이었기에 오히려 현실성을 가질 수 없었다. 마치 한낮에 잠깐 조는 순간에 찾아왔던 악몽처럼.

그 실감나지 않는 낯섦에 소년은 눈물조차 흘릴 수 없었다. 아들을 먼저 보낸, 너무 일찍 세상을 하직한 엄마를 대신해 엄마 역할을 하던 다정한 할머니의 오열하는 소리만이 멍하게 그의 귓전을 울렸다.

사흘 후, 아버지의 주검을 담은 관이 무덤 속으로 내려지고 붉은 흙이 관을 덮기 시작한 후에야 소년은 비로소 죽음이 영원한 결별이며 상실임을 실감하고 그제야 몸을 떨며 울음을 터뜨리기 시작할 것이었다.

그 장면을, 시신이 담긴 관을 덮는 붉은 흙덩이들을, 마침내 흙이 덮이고 사랑했던 한 사람과 영원히 단절되어 버리던 그 장면을, 소년은 평생 잊지 못할 것이다. 창백한 죽음의 얼굴, 붉은 흙, 영원한 암흑. 그 장면이 남긴 이미지들은 이후 밤마다 불을 끄고 누울 때마다 그의 눈앞에 선명하게 되살아나, 그로 하여금 삶의 허무와 죽음의 공포를 되살려 낼 것이다.

그 이전에, 어색한 상복을 걸친 채 상주 노릇을 하며 거의 사흘을 밤을 새다시피 할 때, 할머니가 옆방에 누운 채 거의 일 년 후에 닥칠 죽음을 미리 앞당기기라도 하듯 반쯤 정신 나간 상태로 시름시름 앓는 소리를 내고 있을 때, 소년은 처음으로, 아직 욥의 이름조차 모르면서도 구약 성경에 나오는 욥처럼 신을 부르며 탄원했다.

자신의 무죄를 확신하며, 때문에 자신과 가족이 겪는 끔찍한 고통을 이해할 수 없어 신을 인간의 법정으로 소환해서 묻고 따졌던 욥처럼. 신의 선의와 정의, 섭리는 어디에 있는지, 무엇인지, 운명이란 게 무엇인지.

풍비박산 난 집안, 병들어 몸져누운 할머니, 홀로 남아 소년 가장이 되어버린 소년. 소년은 그 모든 것을 이해할 수 없었고, 성당에서 장례미사를 올리는 동안에도 내내 신부님 뒤쪽 벽에 걸린 십자가상을 보면서 묻고 또 물었다.

"사랑의 신이신 주께서 선한 목자로 살아온 우리 가족에게 왜 이런 고통을 내려주시나이까? 당신의 정의는 어디에 있습니까?"

석 달 후, 소년은 자신이 성당에서 던졌던 그 질문을 끝내 이 해하지 못하고, 당연하게 믿었던 신에게 분노하고, 자신의 추락이 당도한 미래 없는 현실에 절망하고 공포에 사로잡힌 나머지 실패하 고 말 자살을 시도하고 만다.

그리고 다시 두세 달이 흐른 후엔, 소년의 손엔 삽자루가 들려 있다. 학업도, 대학도 포기한 채 할머니와 자신 두 가족의 생계를 위 해 생애 첫 직업을 갖게 된 것이다. 아직 추위가 가시지 않은 초봄, 그는 등에 무거운 벽돌덩이들을 짊어지고 공사 현장의 계단을 올라 가고, 시멘트를 섞고, 쉬는 시간엔 나이든 인부들에 섞여 막걸리를 얻어 벌컥벌컥 들이켜곤 했다.

몸은 천근만근 무거웠지만, 그는 매일 밤 쉽게 잠들지 못했다. 죽음을 향해 서서히 침몰해 가는 할머니가 있었고, 희망이 사라져버 린 미래, 영원히 막노동판을 전전하게 될 자신의 앞날을 생각하며 절망하고, 몰래 눈물을 흘리곤 했다. 어느 날, 또 다른 우연이 그로 하여금 자신의 운명을 바꿀 결심을 **하도록 이끌기 전까지는.**

✳

나는 지금도 가끔 그때를 떠올리며 혼자 되묻곤 한다. 만일, 하필 아버지가 그때가 아니라 내가 미술대학에 진학한 후에 돌아가

셨더라면 내 삶은 지금과는 다른 어떤 경로를 밟게 되었을까? 혹은 좀 더 오래 살아계셨더라면, 나는 글을 쓰는 작가가 아니라, 그림을 그리는 화가가 되어 지금 화판 앞에 앉아 있을까?

하필 그날, 아니면 하필 또 다른 날, 하필⋯ 또 어느 날, 우연히 내 시선을 끌었던 학생들의 모습이 아니었더라면, 나는 아직도 공사 현장을 전전하는 삶을 살고 있을까?

지금은 내가 되어있는 그 소년이 하필 그날, 우연히 마주쳤던, 지금도 생생히 떠오르는 한 장면을 생각한다.

느지막한 오후, 하루의 노동이 거의 끝나가던 시간에 소년이 지친 몸으로 삽을 모래더미에 꽂아놓곤 석양 쪽을 멍하니 바라보고 있던 순간이었다.

그때 교복을 입은 학생들이 깔깔대며 석양빛을 받으며 걸어오기 시작했다. 네댓 명의 학생들은 모두 환한 얼굴이었고, 한두 명은 내가 그랬듯 학교 모자를 삐딱하게 쓰고 있었지만 모두 행복하고 즐거운 얼굴들이었다.

바로 몇 달 전만 해도 소년도 저런 모습이었다.

소년은 그들에게서 눈을 뗄 수가 없었다.

그들은 천국에 사는 아이들이었고, 자신은 지옥의 구렁텅이에 빠져 있었다.

그들에겐 미래가 있었지만, 소년에겐 미래가 막혀있었다. 빠져나갈 수 없는 깊은 구렁텅이로 추락한 채로 영원히.

하루하루 고된 노동이 계속되고, 일당을 술로 탕진하고, 몸은

머지않아 노동에 찌든 나머지, 거무튀튀한 얼굴에 여기저기 상처와 주름이 잡힌 그의 늙은 동료들처럼 변해 갈 것이며, 그리하여 삶은 피라미드에 갇힌 미라가 된 상태로 돌처럼 굳어버릴 것이었다.

소년이 마치 주사위를 손에 꽉 쥐듯, 주먹을 꽉 움켜쥔 것은 바로 그런 순간이었다. 어쩌면 소년의 마지막이 될지도 모를 인생의 주사위 던지기 혹은 동전 던지기를 시도하기로 결심한 것은.

소년이 자신에게 허용한 단 일 년, 단 한 번의 기회.

성공하면 삶을, 실패하면 죽음을.

동전이 던져지고, 무지막지한 노력의 일 년이 흐른 후, 소년은 대학교 교문 앞에 서서 학교의 상징물을 바라보며 눈물을 흘렸다.

운 좋게도, 소년은 살아남았다. 추락했던 깊고 어두운 구렁텅이에서 빠져나와 환한 햇살과 마주하며 서있었다.

＊

나는 다시 생각한다. 그 소년이 살아남은 것은 운이었을까, 노력의 결과였을까? 아니면 노력과 운의 기적 같은 결합이었을까? 그 절망에 빠져있던 소년이 지금의 내가 되도록, 지금까지 살아서 이 글을 쓰게 되기까지 어떤 우연과 필연이 작동한 것일까? 아니면 이 모든 작은 삶의 이야기는 사주팔자나 별자리가 지정해 준 운명의 궤적을 따라 좌충우돌하면서 달려온 것일 뿐일까? 내가 목 놓아 불렀던 절절한 사랑 노래들은?

돌아보면, 내 삶은 지금도 계속되는 하나의 긴 방황하는 표류일 뿐이다.

✳

그러나 가장 아찔한 질문은 이런 것이다. 내가 그때 죽지 않고 살아남은 것은 정녕 잘된 일일까? 지난 세월 동안 애면글면 힘들게 끌고 온 이 생이, 그럴 만한 의미나 가치가 있었던 것일까?

✳

에밀 시오랑은 『내 생일날의 고독』에서 이렇게 썼다. "나는 나의 탄생이 하나의 우연, 한탄, 가소로운 우발적인 사건이라는 것을 안다. 그런데도 내 자신을 망각할 때면 나는 마치 내가 이 세상의 진행과 균형에 진실로 필요한, 없어서는 안 될 존재인 양 행동한다."[3]

✳

간혹 나는 무지의 어리석음과 앎의 어리석음 중 어느 것이 더 큰 악덕이며 세상에 더 나쁜 해악을 끼치는지를 생각하며 당혹감에 빠지곤 한다.

거의 스무 살이 되도록, 내가 삶과 세계, 나 자신에 관해 백지

상태나 다름없이 무지했었다는 사실을 떠올릴 때마다 경악을 금치 못한다.

동시에, 고작 그로부터 십여 년이 흐른 후, 단편적이고 피상적인 지식과 앎으로 스스로 얼마나 교조적인 확신에 빠져있었던가를 생각하면, 한없이 큰 부끄러움을 느낀다. 나는 몽테뉴에게서야 비로소 온건하고 겸손한 지적 회의주의의 미덕을 배울 수 있었다.

조지프 콘래드의 말이다. "앞뒤가 뒤죽박죽이고 모순적인 이 세계에선 어떤 것에 대해서도 확신하지 않는 것이야말로 진정한 현명함이다."

＊

미셸 드 몽테뉴는 30대 중반이던 1560년대 말의 어느 날, 갑작스럽게 당한 낙마 사고로 죽음의 문턱까지 갔다 온 적이 있다. 그를 포함해 수행원들이 모두 말을 타고 있었는데, 뒤에서 오던 젊은 부하가 뜻밖의 허세를 부리며 앞쪽으로 돌진하면서 그만 맨 앞에서 가던 몽테뉴의 말과 부딪치고 말았던 것이다.

그는 말에서 튕겨 나와 공중으로 붕 떠올랐다가 땅바닥에 떨어졌고, 심각한 뇌진탕 상태에 빠졌다. 잠시 의식이 돌아왔지만 피를 토하고는 다시 기절했다. 집에서 치료를 받던 중 흐릿하고 불투명한 혼돈 속에서 죽음을 예감했지만, 불행 중 다행으로 서서히, 조금씩 회복되어 갔다.

그 사고는 몽테뉴의 사고를 완전히 바꾸어 놓았다. 영혼과 육체의 관계, 삶과 죽음에 대한 태도 모두를.

그는 영혼이 육체에 얼마나 강하게 얽매여 있는가를 깨닫게 되었다.

영혼이, 정신이 인간의 육체적 속박에 얽매여 있다면, 인간의 모든 지식 역시 육체의 한계에 속박될 수밖에 없다. 육화된 영혼. 취약한 인간의 몸.

낙마 사고가 나고 8년이 흐른 후에, 그는 그 사고를 회상하는 글을 썼다.

그는 서재 천장 대들보에 써놓았던 염세주의적인 문장을 지우고 대신 구약성경 「전도서 Kohelet」에서 영감을 받은 겸손한 회의주의적인 문장을 써넣었다.

"마음이 몸과 어떻게 결합되는지도 모르는 그대가 어찌 신이 하는 일을 알겠는가?"

그리고 그는 스스로 "새롭고 특별한 일"이라고 부른 일에 착수한다. 바로 자신의 내면을 있는 그대로 탐구하는 일이었다. "이 일에 빠져들면 이 세상에서 일반적으로 가장 많이 권장되고 있는 일거리를 모두 집어치우게 된다."

✳

몽테뉴의 책은 오늘날 『수상록』으로 알려져 있지만, 그 책의 원래 제목은 『시도Les Essais』였다. 에세이라고 부르는 수필 장르의 기원이 된 제목. 시도하다, 탐구하다.

　자신의 생과 경험을 발판 삼고, 책들을 길잡이 삼고, 사유를 등불 삼아, 자기 자신이 누구이며 무엇인가를 탐구하려는 끊임없는 시도.

　몽테뉴는 엄격하고 금욕적인 스토아주의자에서 온건한 회의주의자이자, 쾌활하고 수수한 에피쿠로스주의자로서 죽었다.

＊

　몽테뉴가 말했다. "우리와 우리의 판단, 그리고 언젠가 죽을 운명을 타고나는 것들은 모두 쉴 새 없이 흘러가고 굴러다닌다. 그러므로 한 사물을 기준으로 삼아 다른 사물을 확실하게 규정할 수 없다. 판단하는 존재나 판단되는 존재가 모두 지속적으로 변하고 움직이기 때문이다."[4]

　몽테뉴는 마흔 무렵에 모든 공직을 내려놓고 자신의 성의 둥근 탑 안에 만든 서재에서 은둔하며 책을 읽고, 사색하며, 글을 쓰기 시작했다. 그가 잃은 것은 세속적인 것이었지만, 대신에 그가 얻은 것은 에피쿠로스가 말한 영혼의 평안, 아타락시아ataraxia와 오랫동안 잊히지 않을 아름다운 책, 그리고 자기 자신에 대한 앎이었다.

✳

　스물아홉 때이던 어느 날, 나는 그때까지 몸담고 있던 직업과 그와 관련된 복잡한 인간관계를 모두 끊어버렸고, 그들이 나를 찾을 수 없는 곳으로 거처를 옮겼다. 나는 내 삶의 의미를 원점에서 다시 찾아보기로 결심했다.

　내가 처음으로 문학적 글쓰기를 시도한 것도 그때가 처음이었다.

　한 장면이 있었다.

　나는 엘리베이터 앞에 서 있었다. 문이 열리고 엘리베이터 안에 서있는 한 무리의 사람들이 보였다. 모두 권위적인 검정색 양복을 입고 있었고, 높은 권력을 가진 이들이었다. 몇 년째 나 자신이 속해있던 그 세계.

　짧은 순간이었지만, 내 영혼은 경악하고 있었다.

　검은 양복들의 세계. 노골적인 서열주의와 개성 부재의 획일성, 무가치한 허영과 탐욕의 과장된 표상이 거기에 있었다.

　그 순간, 내가 몸담고 있던 그 세계의 허망한 실체가 폭로되고, 마치 바늘 하나로 팽팽한 풍선이 펑 소리를 내며 터져버리듯 그때까지 힘겹게 붙잡고 있던 젊은 날의 이상마저 무참하게 허물어져 버리는 기분이었다.

　내 영혼의 낙마 사고였다.

　머지않아 나는 그 세계를 영원히 떠났다. 실패와 어리석음을

인정하고 떠났다. 마치 다시 태어난 것처럼, 인생을 처음부터 다시
시작해야만 했다.

제3장

____ 미라보 다리

우리는 파리 센강의 미라보 다리 위에 서 있었다. 거의 하루 종일 서 있었고 오래 걸었던 탓에 지칠 대로 지쳐 있었다. 나는 다리 난간에 기대어 파리의 밤 풍경을 바라보고 있었다.

미라보 다리. 시인 아폴리네르가 마리 로랑생의 사랑을 잃고 노래했던 그 다리.

"생각보다 평범하네. 그냥 철제 다리일 뿐이잖아. 퐁네프 다리도 별로 인상 깊진 않더니."

쥘리에트 비노슈가 주인공으로 나왔던 「퐁네프의 연인들」을 떠올리며 내가 말했다. 파리의 밤 풍경은 물론 휘황하게 아름다웠지만, 정작 가까이서 보는 미라보 다리는 아폴리네르 시의 아름다움엔 훨씬 못 미쳤다.

"그렇지? 예쁘긴 알렉산드르 3세 다리가 제일 예뻐." S가 나를 돌아보며 말했다.

"하긴 아폴리네르가 다리가 로맨틱하다고 읊은 건 아니었지."

내가 지친 다리를 손으로 툭툭 치며 말했다. 다리 위엔 우리처럼 밤늦도록 축제를 즐기고 돌아가는, 지하철이나 버스를 타지 못해 마냥 걷고 있는 인파들로 북적였다. 그들은 소리 높여 노래를 불렀고, 어떤 이는 아예 바닥에 주저앉아 있기도 했다.

그날은 7월 14일 프랑스 혁명 기념일이었다. 프랑스인들이 바스티유 데이라고도 부르는, 프랑스 혁명의 기폭제가 된 바스티유 감옥 습격일인 7월 14일을 기념하는 날.

그날이 되면 프랑스 전역은 2002년 한국 월드컵 팀이 역사적인 4강에 진출한 날 같은 승리와 자부심의 축제로 떠들썩해진다. 개선문부터 콩코르드 광장에 이르는 샹젤리제 거리에선 화려한 퍼레이드가 벌어지고 에펠탑 부근 마르스 광장과 트로카데로 광장에선 음악 공연을 비롯한 각종 공연들이 펼쳐진다. 그리고 늦은 밤 11시가 되면 마침내 축제의 절정인 에펠탑 불꽃놀이가 시작된다.

우리는 밀려든 군중들에 떠밀리면서도 축제의 흥분과 즐거움에 도취되어 있었고, 높은 에펠탑을 중심으로 밤하늘을 화려하게 수놓으며 각양각색으로 펼쳐지는 불꽃놀이의 놀라운 아름다움에 넋이 나갈 정도였다. 나는 불꽃놀이가 그토록 아름다울 수 있다는 걸

23

그날 처음 알았다.

우리 일행은 천천히 미라보 다리를 지나 집으로 돌아가는 방향으로 걸음을 옮기기 시작했다. 누군가 아폴리네르의 시구를 읊었다.

"미라보 다리 아래 센강은 흐르고
우리의 사랑도 흐르네…
세월은 흘러가고 나는 여기에 있네."

사람도 가고, 사랑도 가고, 미라보 다리와 한 편의 시가 남았다. 나는 잃어버린 사랑의 아픔으로 휘적휘적 미라보 다리를 걷고 있었던 시인 아폴리네르를 생각한다. 아직 젊은 청춘이었지만 가난한 예술가였던 아폴리네르는 로랑생과 5년간 열렬히 사랑했지만, 결별의 운명을 피하지 못했다.

세간에 알려진 그들을 결별에 이르게 한 루브르 박물관의 모나리자 도난 사건의 여파는 그저 표면적인 이유였을 뿐일지도 모른다. 오직 그들 두 사람만이, 그들조차도 세월이 흐른 후에야 깨닫게 될 결별의 이유.

✳

연인들이 사랑에 빠지는 이유는 한 가지이지만, 헤어지는 이유는 다양하고 천차만별이다. 사랑에 빠지기는 쉽지만, 사랑을 완성하는 연인은 거의 없다.

더욱이 한 사랑이 평생토록 아름답게 지속되는 건 더더욱 어렵다.

✳

피카소의 작업실인 '세탁선'에서 피카소의 소개로 만나 시작된 아폴리네르와 마리 로랑생의 사랑은 1912년에 끝났다.

2년 후인 1914년, 유럽 전체가 전쟁 속으로 뛰어들었다. 제1차 세계 대전의 발발.

아폴리네르는 사랑하는 프랑스를 위해 자원입대하였고 1915년엔 전방에 배치되었다. 그리고 1916년, 그는 머리에 끔찍한 부상을 당한 채 전장을 떠나야만 했다.

아폴리네르에겐 하필 **불운**만이 계속 겹쳤다.

전선에서 치명적인 두뇌 손상이 채 완치되지도 않은 때, 더 나쁜 불운이 그를 덮쳤고, 이번엔 아예 그의 목숨을 앗아갔다.

제1차 대전 당시 유럽을 휩쓸었던 스페인 독감이 병약한 그를 죽이고 말았던 것이다. 캘리그램의 창시자, 초현실주의Surrealisme라는 전위 예술운동에 가장 먼저 이름을 붙였던 시인은 그렇게 갔다.

1918년 그의 나이 서른여덟 때의 일이다.

＊

지금 내 서재의 한 서가엔 아폴리네르가 가난하던 스물여섯 살 때, 돈을 벌기 위해 G, A.라는 가명으로 출판사 이름도 없이 비밀스럽게 출판했던 하드코어 에로티시즘 소설 『일만 일천 번의 채찍질』이 보르헤스와 카뮈 책들 사이에 수줍은 듯이 숨어있다.

물론, 이 소설은 19금이다.

제 4 장

___ 블라우엔 슈테른 호텔

1912년 8월 13일, 스물아홉의 문학청년 프란츠 카프카는 가장 절친한 문학 친구 막스 브로트를 만나기 위해 프라하 그라벤 거리에 있는 춤 블라우엔 슈테른 호텔Zum blauen stern hotel을 방문했다. 생애 첫 작품집으로 출간하게 될 『관찰』에 실을 원고들을 브로트와 상의하기 위해서였다. (블라우엔 슈테른이란 단어는 푸른 별blue star을 뜻하는 독일어다.)

마침 그 호텔엔 막스 브로트와 친척 관계이던, 나중에 문학사상 가장 유명한 커플의 한 명으로 유명세를 떨치게 될 펠리체 바우어가 머물고 있었다. 스물다섯 살이던 펠리체는 독일 베를린 출신이었고, 베를린에서 직장에 다니고 있었다. 체코 프라하엔 업무 출장으로 들렀는데, 바로 그 호텔에 투숙하게 된 것이었다.

카프카가 브로트의 호텔 방으로 들어섰을 때, 펠리체는 식사를 하던 중이었다.

둘은 자연스럽게 인사를 나누었다.

카프카가 첫눈에 미칠 듯한 사랑에 빠져든 것은 결코 아니었다. 첫인상은 오히려 부정적이었다. 카프카는 일기에다 그녀가 하녀인 줄 알았고, 누구인지 알고 싶다는 생각도 없어서 오히려 편하게 마음을 텄다고 쓰고 있다. 멍청한 느낌을 주는 굵은 뼈대의 텅 빈 듯한 얼굴, 거의 주저앉은 코, 뻣뻣하고 매력 없는 금발, 강한 턱, 만일 펠리체가 그 일기를 읽는다면 얼굴이 빨개질 것 같은 부정적인 인상의 묘사까지 하고 있다.

첫 만남에서 펠리체가 카프카에게서 어떤 느낌을 받았는지는, 그녀가 그 순간에 대한 일기를 남겨놓지 않았기에 알 수 없다.

프라하와 베를린이란 제법 동떨어진 도시에서 살던 그들이 호텔에서 처음 만나 대화를 나누던 순간엔, 둘 중 누구도 그들이 앞으로 5년이라는 긴 기간 동안 약혼과 파혼을 두 번이나 거듭하며 사랑과 결별, 행복과 절망, 위안과 고뇌를 오가며 나아가 문학사에 길이 남아 연구자와 독자를 괴롭게 혹은 즐겁게 할 수백 통의 편지까지 남기게 될 줄은, 1 밀리그램도 상상할 수 없었을 것이다.

도대체 어떤 짓궂은 운명의 신이 있어 그들을 노리개 삼아 장난을 치기로 결심하고는, 은밀하게 기묘한 사랑의 드라마를 예비해 놓았던 것일까?

운명은 우연의 가면을 쓰고 등장한다는 말이 사실일까?

✳

프란츠 카프카는 펠리체 바우어를 만난 후로 가끔 그라벤 거리와 블라우엔 슈테른 호텔을 지나치기도 했는데, 그럴 때마다 그 호텔과 자기 연애 관계에 얽힌 어떤 운명의 상징을 읽어내려 애쓰곤 했다. "이미 불을 밝혔지만 커튼이 쳐진 '블라우엔 슈테른' 호텔의 조식 룸을 지나치며 뭔가 기대하는 눈길로 안쪽을 들여다보았으나 골목길 쪽을 내다보는 사람은 아무도 없었다."[5] 그는 펠리체 바우어에게 그렇게 써 보냈다.

그러나 우리의 카프카가 몰랐던 사실이 하나 있다.

그가 펠리체와 첫 만남을 가졌던 그 호텔, 춤 블라우엔 슈테른 호텔은 1771년부터 카프카 가문의 소유였던 것이다.

1830년대까지 그 호텔의 실제 소유주의 이름은 바로 **프란츠 카프카**였다. (물론 동명이인이며, 우리의 작가 카프카 집안과는 아무런 혈연관계가 없다.)

✳

우리는 때로 기적 같은 우연의 일치를 맞닥뜨린다. 그럴 때 우린 그런 사건을 필연이나 운명의 징후로 읽곤 한다. 얼핏 보기엔 불가능한 일치처럼 보이는 우연의 신비로운 작용.

혜라클레이토스의 말이다. "신은 자신의 이름으로 서명하기가 내키지 않을 때 우연이라는 가명을 쓴다."

✳

오이디푸스에게는, 태어나는 순간에 이미 신들이 정해놓은 끔찍한 운명이 있었다. 아버지를 죽이고 어머니와 결혼하게 될 운

●
1885년 블라우엔 슈테른 호텔 전경. (출처: Mahler Foundation)

30

명이. 오이디푸스는 제 운명을 알고 피하고자 했지만, 그러한 회피조차 이미 다 신들의 계산 안에 들어있던 정확한 운명의 경로였다. (호메로스는 이러한 신들의 잔혹함과 변덕, 심술에 질려 신들이 무슨 의도로 그토록 끊임없이 불행을 내려보내는지를 진지하게 물었다.)

마치 운명이 쳐놓은 지독한 올가미에 자신도 모르게 이끌려 들어가듯, 카프카는 첫 만남 이후 한 달이나 지난 뒤에 느닷없이 펠리체에게 첫 번째 연애편지를 보냈다. 아니, 소심하고 내성적인 카프카는 그 첫 번째 연애편지를 수십 번 쓰고 찢고를 반복한 후에야 비로소 편지를 보냈다. 얌전하고 착한 학생처럼 자기소개부터 시작하는 연애편지. 그리고 1912년 그해부터 최종적인 결별로 끝나는 1917년까지, 카프카는 펠리체에게 무려 5백여 통이나 되는 편지를 쓰게 된다. (카프카의 편지를 읽으면 연애편지 쓰기만큼 훌륭한 글쓰기 훈련이 또 있을까, 하는 생각을 절로 하게 된다.)

카프카가 일기에 썼던 펠리체에 대한 외모 비평을 떠올리면 그런 갑작스런(?)심경의 변화가 얼핏 이해되지 않을 수도 있다. 카프카는 "외모 따윈 중요하지 않아. 오직 영혼, 내면만이 내 사랑의 기준이야!"라고 말하는, 소위 '참된 사랑'의 진정한 롤 모델 같은 남자였던 것일까? 아니면 카프카의 취향이 아주 독특했던 것일까? 물론 펠리체가 카프카 영혼의 첫사랑은 아니었다. 서른이나 된 남자가 설마 그럴 리가! 카프카는 연상의 여인과 사랑에 빠지기도 했고, 심지어 펠리체를 알기 얼마 전엔 십대 소녀에 대한 짝사랑으로 속을 끓이기도 했었다. 카프카의 마지막 여인이었고 그의 죽음을 지켰던 도라 디아만트를 처음 만났을 때 그녀 나이도 고작 열아홉이었다.

일부 비평가들이 그렇게 평가하듯, 카프카는 펠리체에게서 모성성을 발견한 것일 수도 있다. 대학 졸업반 때 나빠진 건강 때문에 카프카가 휴식과 요양을 위해 한 달간 머물렀던 슐레지엔의 추크만텔 요양소에서 만난 중년의 여성. 1916년에 쓴 일기에서 그 여성을 제외하면 자신이 어떤 여성과도 친밀한 적이 없었노라고 쓸 정도로 몰입했던 은밀한 사랑, 카프카는 그 중년여성에게서 보았던 어떤 것을 뒤늦게 펠리체에게서 재발견한 것일까? (카프카는 일기에 "그녀의 부드러워진 눈길이 아름답고, 여자다운 깊이의 열림이 아름답다."[6] 라고 쓰기도 했다.)

그러나 연인들에겐 오직 그들만이 아는 내밀한 비밀이 있는 법이다.

카프카와 펠리체는 두 번이나 약혼하고 파혼을 거듭하다 결국 쓸쓸한 결말로 그 지독한 인연을 끝내고 말았지만, 한 줌의 추억과 5백 통이 넘는 장엄한 연애편지는 남았다. 두 번의 파혼도 모두 카프카 때문에 벌어진 일이었다. 문학사에서 유례없는 자학과 자책, 자기모멸의 천재인 카프카는 결혼을 결심하고 미래의 장인어른인 펠리체의 아버지에게 자기는 문학 이외엔 아무것도 아니며 다른 그 무엇도 될 수 없고, 직장과 가정생활에도 충실하거나 적응하지 못하는 성격이며, 그래서 직장이 자기를 바꿀 수 없듯 결혼도 자기를 결코 바꿀 수 없다는 등 역사상 최악의 구혼편지를 보낼 정도로 불가해한 스타일의 남자였다.

카프카는 너무나 열심히 편지를 써댔기 때문에 그와 자주 편지를 주고받았던 펠리체 바우어를 포함한 몇 명의 여인들은 카프카 삶의 역사에서 결코 스치고 지나가는 바람 같은, 그의 삶에 아무런 의미도, 무게도 가질 수 없는 한갓된 '에피소드'가 될 수 없었다.

그가 망각되어 마땅한 작가가 아니라, 사후에 세월이 흐를수록 점점 더 위대한 작가가 되어버린 탓에, 그가 잠시 머물렀던 장소, 즐겨 찾던 카페, 술집, 그가 남긴 한두 장의 편지, 구름 낀 흐린 날, 구름 사이로 잠깐 얼굴을 내비치고 사라지는 햇살처럼 짧은 순간의 연애 사건 등 그 어떤 것도 사소하거나 무의미할 수 없게 되고 말았다. 왜냐하면 그 모든 사건들, 특히 사랑과 연애의 경험들은 카프카 문학의 세계 속에 어떤 방식으로든 끼어 들어가 있기 때문이다. 마치 아름답지만 비극적인 연극에 필수불가결한 무대장치이자 역할로 촘촘히 짜인 무엇인 양.

카프카의 인생이 그토록 짧은 행복과 긴 고독, 고뇌와 자학적인 죄책감으로 채워진 것은, 그를 위해 예비된 어떤 가혹한 운명 탓일까? '문학의 순교자'가 되는 것, 그것이 카프카 자신은 결코 원하지도 않았고, 생각해 본 적도 없는 자기 삶의 은폐된 진리일까? 그리고 펠리체 바우어는 그렇게 예비된 연극에서 자신의 역할을 충실하게 수행한 것—나중에 미국으로 이민을 가는 길에서도 카프카의 연애편지만은 꼼꼼하게 챙긴 덕에 우리는 그 편지들을 읽을 수 있다—이라고 해야 할까?

그렇게 말한다면 정말로 지나친 과장이 아닐까?

물론 카프카라는 한 인간의 삶을, 즉 그의 탄생부터 죽음까지를 모두 신이라는 초월적인 존재가 기획하고 연출한 것이라고 진심으로 믿는다면, 그런 기획된 운명을 믿는 것이 불가능한 일은 아니다. 잔혹한 운명의 꼭두각시에 불과했던 오이디푸스 왕처럼.

혹은 구세주 예수 그리스도의 탄생부터 십자가에 못 박힘, 그리고 부활이라는 신약성경의 이야기가 역사적 사실이며, 그 역사는 신이 자신의 아들을 내세워 지상에서 구현한, 실제 인간들의 현실 속에서 그려낸 한 편의 구원 드라마라고 믿는 것처럼. (그럴 때 아주 중요한 악역을 맡은 유다는 그 역시 주어진 배역을 다했을 뿐이기 때문에 죄를 물을 수 없다는 아주 이상한 결론에 도달한다. 자신의 소중한 아들이 가시관을 쓴 채 십자가에 매달리고, 심지어 창에 찔려 고통스럽게 죽게 만드는 신이라니. 인간들의 죄를 사하게 하는 방법이 그런 잔인한 방법밖에 없었을까? 진정 전지전능한 신이라면, 말 한마디면 끝날 텐데. 그 하나님은 혹시 드라마를 너무 많이 보신 건 아닐까.)

그러나 피와 땀, 살, 눈물을 가진 우리와 같은 한 인간 프란츠 카프카는 『오이디푸스 왕』을 쓴 소포클레스가 지어낸 허구의 존재가 아니다. 그의 육체와 영혼에 매달려 있는 인형조종사의 줄 같은 건 없다. 그는 문학의 순교자라는 배역을 수행한 것이 아니라, 우리처럼, 매 순간 이런저런 선택의 기로에 서서 고민하고, 자기 삶과 시대의 불확실성에 전전긍긍하며, 쉽게 상처받고 괴로워한 한 명의 인간이었을 뿐이다.

카프카가 『관찰』을 출판하기 위해 막스 브로트의 집을 방문한

1912년 8월 13일의 그 무더운 여름날, 하필이면 그때 독일의 베를린에 살던 바우어가 프라하에 출장 올 일이 없었고, 하필이면 그녀가 카프카의 절친 막스 브로트의 친척이 아니라서 그 집에 머물 일도 없었고, 또 하필이면 그날 그녀가 외출할 일이 생겨 밖으로 나가 있었더라면, 카프카의 삶에서 펠리체 바우어라는 이름이 등장할 수 있었을까?

프라하와 베를린에 사는 두 남녀가 운명적인 인연을 맺기 위해서는 도대체 얼마나 많은 우연의 우연들이 겹치고 쌓여야만 하는 것일까?

모든 소설과 연극, 영화의 시작이 그렇듯, 삶과 사랑의 인생 드라마, 그 시작엔 항상 우연이 개입한다. 우연이 필연으로 전환되는 그 시점, 우리가 '운명적 만남'이라고 순진하게 믿는 그 모든 시작엔 우연이 있다.

✳

마른하늘에 느닷없이 몰려온 구름이 품고 있던 번개가 하필이면 나의 바로 곁에 서 있던 키 큰 느티나무를 때렸지만 가까스로 사고를 피하게 된 것이 나의 운명이 아닌 것처럼, 어느 날 집 마당에서 발견한 한 마리 길고양이에게 먹을 걸 내준 게 인연이 되어 고양이 집사가 되어버린 게 불가피한 운명의 시나리오가 아닌 것처럼, 우리를 행복하게 혹은 불행하게 만드는 대부분의 사건들은 우연이 빚어내는 예측 불가능한, 그래서 결말을 결코 미리 알 수 없는 생의 이야기일 뿐이라고, 나는 믿는다.

결말이 빤히 눈에 보이는 영화와 소설, 범인이 누구인지 금세 알아차릴 수 있는 추리소설이 진부하고 식상하듯, 재미라곤 털끝만큼도 없는 영화를 억지로 두 번 세 번 볼 때 참을 수 없는 지루함이 덮쳐오듯, 불가해한 우연의 춤이 춤추지 않는 생은 끔찍하게 권태로울 것이다.

"우연만이 신비롭다."라고 쓴 것은 소설가 밀란 쿤데라였다.

왜 우연만이 신비로운가? 그럼 필연은 신비롭지도, 경이롭지도 않다는 말인가? 우리의 삶이란 마치 징검다리를 하나씩 밟고 건너듯, 우연에서 우연으로 이어지는 '우연의 허들 경기' 같은 것일까?

반면에 누군가는 이렇게 반박할 수도 있다. 18세기 프랑스의 과학자 라플라스 후작이 믿었듯, 우주의 탄생부터 종말까지의 그 모든 과정이 마치 시계의 모든 부품들이 맞물려 착착 바늘이 움직이듯 꽉 짜인 원인과 결과라는 인과율로 엄격하게 짜인 탓에, 모든 우주적이거나 사소한 먼지의 움직임 하나까지도 완벽하게 '그럴 수밖에 없는' 사건들의 총체로, 즉 '필연적인 연쇄'로 이어져 있다고. 그래서 우주가 탄생하는 그 순간에 이미 프란츠 카프카와 펠리체 바우어의 만남과 결별 그 모든 사건들도 운명처럼 피할 수 없는 불가피한 사건이었다고. 당신이 지금 이 글을 읽고 있는 순간조차도, 우주적 필연의 당연한 결과라고.

＊

아인슈타인은 세계의 불확실성을 말하는 양자역학에 격분해 "신은 주사위 놀이를 하지 않는다."라고 일갈했다고 한다.

18세기의 위대한 과학자 라플라스는 우주 전체를 엄격한 기계적 결정론에 따라 작동하는 거대한 자동시계 장치로 이해하였다. 『확률에 대한 철학적 시론A Philosophical Essay on Probabilities』에서 우주에 있는 모든 원자의 정확한 위치와 운동량을 알고 있는 지성이 있다면 뉴턴의 운동법칙을 이용해 과거, 현재, 미래의 모든 현상을 설명하고 미래까지 예언할 수 있다고 썼다.

후대에 학자들은 라플라스의 그런 지성을 '라플라스의 악마'라고 이름 붙였다.

라플라스의 악마는, 곧 신이다.

유대 카발라 신비주의자들은 성경에 기록된 히브리 문자의 신성한 의미를 완벽하게 이해한다면, 과거와 현재는 물론이고, 최후의 심판일까지 일어날 모든 사건을 다 이해할 수 있다고 믿었다.

결정론에 따르면, 세계는 원인과 결과의 인과율 법칙으로, 필연성으로 빈틈없이 메워져 있다. 즉 세계에서 일어나는 크고 작은 모든 사건은 "반드시 이러저러할 수밖에 없다."는 사실을 전제하는 필연의 법칙에 지배된다.

스피노자의 말처럼, 우연은 인간 지성의 한계를 표현하는 단어일 뿐.

그러나, 필연이 지배하는 세계에서 '자유'는 어떻게 되는가? 자유의지가 끼어들 작은 틈새는 어디에 있는가?—결정론과 기독교 신학을 당혹케 하는 가장 근원적인 질문.

✳

그런데 만일, 신이 주사위 놀이를 한다면, 그것도 아주 즐긴다면 이 세계와 삶은 무엇이 될 것인가?

라플라스가 상상했듯, 우주 전체가 하나의 거대한 자동기계이며, 시작부터 끝까지, 이미 태초의 순간에 최후 순간까지 이미 결정되어 있다면, 도대체 우리는 어디에서 아름다움과 놀라움, 한마디로 '놀라서 바라보는 경이thaumazein'를 느낄 것인가?

✳

만일 우주와 생명의 탄생과 진화, 우리의 존재 자체, 또 우리가 역사라고 부르는 것, 삶이나 사랑조차도 우연성에 의존하는 것이라면, 존재의 우연성을 깊이 사유하는 것이야말로 불확실성이 지배하는 삶의 세계에서 올바른 지혜의 척도를 구하는 것이 되지 않을까?

＊

　20세기의 과학자들, 미시세계의 물리계를 연구한 물리학자들은 뉴턴 고전역학이 전제하고 있던 엄격한 인과론적 결정론에 대한 반증을 발견하게 되었다. 양자역학의 불확정성 원리는 입자의 위치와 속도를 동시에, 정확하게 알 수 없다는 사실을 발견했던 것이다. 이제 물리계에도 우연이 개입하여 작동하고 있음을, 우연이 존재의 궤적과 행로에 영향을 미침을 인정하게 되었고, 확률적 인과율이 고전역학의 엄격한 결정론을 대체하게 되었다.

＊

　세계는 우연과 필연의 기묘하고 역동적인 그것이 씨줄과 날줄로 꼬이고 짜여 만들어 내는 하나의 아름다운 문양의 태피스트리다.
　삶을 살아가는 것 역시, 각자가 우연과 필연의 실로 짜나가는 태피스트리다. 그 태피스트리들에 그려지는 문양들, 그림들을 이해하는 것, 그것이 철학과 문학의 글쓰기가 추구하는 운명이다.

＊

　사랑에 빠지는 것, 글을 쓰는 것, 책을 읽는 것은 일종의 주사위 던지기다. 이른 봄비가 추적추적 내리는 날, 흐린 창밖을 내다보다 불현듯 카프카를 떠올렸고, 카페에서 읽고 있던 책을 덮고 서둘러 집으로 돌아와 책상 앞에 앉았다. 손가락이 영혼을 가진 듯 나를 어딘가로 이끌고, 나는 알 수 없는 설렘 속에서, 이 끌어당김이 무엇을 예비해 놓고 있는지도 모른 채, 침묵 속에서, 길 잃은 달팽이의 걸음으로, 천천히 따라간다.

어느 날 길을 가다 문득 만난 서점에 들어가 영혼을 사로잡는 한 권의 책을 만나는 것, 서재에서 책을 찾다가 엉뚱한 책이 눈에 들어와 오히려 그 책을 읽느라 찾던 책을 까맣게 잊어버리는 것, 그런 것이 독서의 숨은 진리다.

프란츠 카프카는 1912년 8월, 자신도 완전히 이해하기 어려운 충동에 이끌려 주사위를 던졌다.

나는 하나의 주사위고, 생은 끊임없는 주사위 던지기로 가득 채워져 있다.

그러나 진정 주사위를 던지는 자는 누구인가? 그것은 진정 우연의 유희일까, 아니면 그것조차도 오이디푸스 왕의 운명처럼 이미 예정된 경로를 밟아갈 뿐인, 착각에 지나지 않는 자유일 뿐인가? 혹은 던짐 자체가 이미 던져짐 가운데서 조응된 거울의 흐릿한 반영 같은 무엇일까?

줄에 매달린 꼭두각시 인형의 춤처럼, 나의 글쓰기 역시 실은 쓰기와 쓰여짐의 불가해한 매듭의 얽힘이기도 하듯이.

제 5 장

____ 헌책방

나는 늘 쓰기보다 읽기에 더 열중했고, 또 한때는 읽기보다 수집하는 데 더 열을 올리기도 했다. 등에 지게처럼 커다란 가방을 짊어진 채 서울, 대전, 청주, 부산, 광주를 무시로 돌아다니며 먼지가 수북이 쌓인 서가들 사이를 헤집고 다녔다.

나는 오래된 책에서 나는, 먼지와 책 곰팡이, 나무 냄새가 뒤섞인 독특한 향기를 좋아했다.

또 우연이 나를 이끌어 낸 예기치 않은 만남, 눈이 번쩍 뜨이는 한 권의 책을 만날 때의 흥분과 도취를 사랑했다.

헌책방이라는 장소는 우리 삶에선 자주 맞닥뜨리기 힘든 순수하고 무구한, 그리고 **아름답기만 한 행운**이 기다리는 거의 유일한 장소다.

나는 새 책에서는 결코 만날 수 없는, 헌 책의 어느 페이지에 과거 그 책을 읽었던 이가 여백에 적어놓은 문장들을 발견하고 읽는 걸 사랑했다.

1981년 초판인 막스 브로트가 쓴 희귀한 『카프카 평전』을 구한 것도, 엘리아스 카네티와 클라우스 바겐바흐가 쓴 카프카 평전을 구한 것도 헌책방에서였다.

나는 그 책들을 통해 프란츠 카프카와 비로소 더 가까워질 수 있었다.

막스 브로트가 쓴 책 표지 안쪽 제목 옆에는 누군가가 볼펜으로 친절하게 "막스 브로트가 1937년도에 쓴 책"이라고 적어 놓았다. 뒤표지 안쪽엔 또 다른 누군가가 연필로 이렇게 적어놓고 있었다.

"1983년 9월 21일, 추석을 맞아 서울에 다녀오는 길에 고속버스 터미널 상가 대우서점에서. ○○○ 大3."

*

1981년에 처음 서점가에 나온 이후, 대학교 3학년이던 어느 여대생이 1983년에 버스 터미널 서점에서 샀다. 이후 2010년이 훌쩍 넘은 어느 시기, 자그마치 30여 년의 세월이 흐른 어느 순간에 지방 도시의 한 헌책방에서, 마침내 나와 만나기까지 과연 얼마나 많은 손들이 이 책의 페이지를 넘기며 읽었을까?

✳

　한 권의 책 속엔 우리에겐 결코 알려지지 않는 수많은 영혼들의 내밀한 삶들이 함께 씌어 있다.

제 6 장

_____ 애너그램

애너그램Anagram, 철자나 단어를 해체하고 재배열하고 다시 조합함으로써 새로운 의미를 담은 단어를 창조하는 언어유희. 이 놀이는 고대 신비주의자들이 단어에 은폐된 신비한 의미를 발굴하는 지적 유희이기도 했지만, 현대 예술가들은 이를 새로운 예술 창작의 동력으로 삼았다.

애너그램은 우연을 긍정하고, 기존의 의미에서 '비껴감'을 뜻하는 클리나멘을 통한 일탈을 조성하면서 새로운 가능성의 영역을 탐색한다.

나는 나의 산문도 애너그램적 글쓰기가 되기를 원한다.

나는 단어들, 문단들, 각 장章들이 스스로 고정된 틀에서 미끄러져 나와 자유롭게 마주치고, 충돌하면서 그 틈바구니, 여백에서 자유로운 의미가 탄생하길 원한다. 그런 의미에서, 이 글쓰기는 몽테뉴적인 하나의 시도Les Essais이자 비틀거리며, 방황하며 나아가는 탐구일 뿐이다.

나 자신의 삶 자체가 그러하듯이.

니체는 체계를 혐오했다. 파스칼과 몽테뉴, 라 로슈푸코, 키르케고르와 에밀 시오랑이 그랬던 것처럼.

체계는 우연과 우발성, 자유를 배제하며, 작품이, 한 권의 책이, 추호의 빈틈이 없는 꽉 짜인 인과율의 법칙에 속박된 결정론적 세계상을 제시하려 하지만, 그것은 그저 그럴듯한 허구일 뿐이다.

＊

초현실주의 운동을 주도했던 앙드레 브르통은 애너그램을 시 창작의 원리로 도입했다. 그는 무의식의 자연스럽고 우발적인 생성의 흐름을 시로, 언어로 포착하기 위해 '자동 기술법automatic writing'을 창안했다. 그것은 이성이나 합리성에서 벗어나 미학적, 도덕적 고려와 선입견 없이 손길이 이끄는 대로 받아 적는 창작 기법이다.

그는 화가 살바도르 달리의 상업주의적 경향을 조롱하기 위해 그의 이름을 애너그램적으로 변용시켰다.

Salvador Dalí가 Avida Dollars(스페인어로 달러 미치광이)가

되었다.

　그러나 애너그램의 진정한 대가는 『이상한 나라의 앨리스』를 쓴 루이스 캐럴이었다. 『이상한 나라의 앨리스』와 『거울 나라의 앨리스』는 애너그램을 통한 의미의 전복, 부조리와 역설로 가득하다. 루이스 캐럴이란 이름 자체가 자신과 그의 어머니 이름의 애너그램적 재조합에서 탄생한 이름이었다.

　20세기의 위대한 사진작가이자 인간 신체를 애너그램적으로 창작했던 예술가인 한스 벨머의 연인이자 시인, 화가였던 우니카 취른은 애너그램 시에 집착했다. 그녀는 애너그램에 집착하는 자신을 스스로 "위험한 열기"라고 일컬었다.

✳

　우주와 생명의 탄생과 진화, 돌연변이, 삶의 진행, 이 모든 과정이 하나의 애너그램적 예술이자 유희가 아닐까. 마치 바닷가에서 모래로 놀이를 즐기는 어린아이처럼.

　클리나멘과 애너그램의 결합, 스스로 예술작품이 되는 세계─유희.

　니체는 인간 정신을 낙타와 사자, 어린아이 이렇게 세 단계로 나누었는데, 가장 높은 단계가 바로 어린아이다.

＊

한스 벨머는 인간의 신체 애너그램 예술을 창조했다. 구체 관절 인형을 활용한 그의 작품들은 보는 이로 하여금 기이함과 으스스함, 섬뜩한 낯섦의 충격에 빠지게 만든다. 해체되고 분리되고 그리고 불가능한 방식으로 상호 교환되고 재조합되는 신체 기관들.

그는 팔과 다리, 가슴, 머리 등 모든 신체 부위를 마치 언어의 알파벳처럼 다루며 애너그램을 추구한다. 그의 조각들은 물질로 실천하는 애너그램적 글쓰기다. 무한한 애너그램의 조합적 가능성 속에서 새롭게 짜 맞춰지도록 단어를 철자들로 낱낱이 분해하고, 다시 조합하기.

얼굴과 엉덩이가 결합하고, 발과 얼굴, 손과 귀, 가슴과 엉덩이가 결합한다.

이러한 신체 알파벳의 중첩과 혼합은 정신착란적이고, 가학적이고, 성도착적이면서 인간 신체의 불완전성과 취약성, 동물성과 유한성을 적나라하게 폭로한다.

＊

프란츠 카프카는 1919년 초, 체코 프라하 북쪽의 작은 마을 셸레젠에서 우연히 율리에 보흐리체크라는 젊은 처녀를 만나 사귀게 된다. 펠리체 바우어와 두 번째로 파혼한 지 1년 반이 지났고, 그 사이에 그는 그를 점령한 결핵을 치유하기 위해 요양원과 프라하를 오가고 있던 중이었다.

카프카는 그녀와 알게 된 지 반년 만에 세 번째 약혼을 하게 된다.

그는 이번에야말로 신중하게, 제대로 된 선택을 했다고 믿었다.

그러나 이번엔 그의 아버지가 격렬하게 반대하고 나섰다. 유대인 부르주아 계층에 속하던 아버지 헤르만 카프카는 이 약혼을 하나의 치욕으로 받아들였다. 율리에 보흐리체크의 아버지 직업이 유대 교구의 관리인이란 사실은 그 가족이 최하층민에 속하다는 것을 뜻했기 때문이다.

프란츠 카프카가 전하는 말로는, 그의 아버지는 서른여섯이나 된 아들인 자신에게 욕을 퍼붓다가 마지막엔 차라리 사창가에나 가라고 충고했다고 한다.

결국 그 약혼은 다시 불발되고 말았다.

✳

율리에 보흐리체크와 하려던 결혼이 실패하고, 카프카는 그간 억눌러 왔던 아버지에 대한 분노와 원망을, 아버지에 대한 자신의 복잡다단한 심경을 담은 편지를 썼다. 「아버지께 보내는 편지」로 오늘날 잘 알려진 그 편지는 결국 부쳐지지 않았다.

카프카에게 아버지란 존재는 트라우마였고, 콤플렉스였다. 그

텍스트는 정신분석학자들이 '오이디푸스 콤플렉스'라고 부르는 부자지간의 곤혹스런 이미지의 전형처럼 읽히곤 했다.

카프카는 아버지의 그 무소불위의 폭군적인 권력과 끊임없이 타협하고 적응하려 애쓰면서도 억눌린 분노를 견디지 못하고 벗어나고, 투쟁하려는 이중적인 감정을 드러내곤 했다.

벗어나기, 클리나멘을 실행에 옮기기, 고통스런 미로를 벗어날 출구 찾기—이것이야말로 카프카 문학의 커다란 주제 중 하나였다. 그에게 세계란, 하나의 거대한 권력체인 '아버지 체제'였다.

"저는 자유를 원치 않았습니다. 단지 하나의 출구만을 원했습니다. 왼쪽이든 오른쪽이든 어디든 관계없이, 저는 그 밖의 다른 요구는 하지 않았습니다. 그 출구가 하나의 착각일지라도 말입니다."[7]

카프카는 원숭이 화자를 내세운 「학술원에 드리는 보고」라는 단편에서 우리에 갇힌 원숭이의 입을 빌어 그렇게 말한다.

그는 문학 속에서라도 출구를 찾기 위해 끝없이 '변신'을 시도한다. 갑충이 되거나, 두더지, 생쥐, 원숭이 등등으로, 출구만 있다면, 탈출이 가능하다면 어떤 변신이라도 용납할 수 있다는 간절함.

카프카에게 변신은, 유일하게 가능한 클리나멘이었는지도 모른다.

사랑, 결혼조차도, 카프카에겐 어쩌면 아버지-권력으로부터 벗어나려는 하나의 시도, 출구 찾기였으리라.

✳

사진작가 한스 벨머는 프란츠 카프카의 아버지 못지않은 국가 권력의 표상과도 같던 억압적이고 폭력적인 아버지에 맞서, 아버지를 모욕하고 분노하게 만들기 위해 다른 방식의 변신을 시도했다. 소년 시절, 그는 의도적으로 붉은 립스틱을 칠한 짙은 화장, 여장을 하고 나타나 아버지를 격분하게 만들곤 했다.

한스 벨머에게 아버지란 존재는 당시 독일을 지배한 히틀러 나치 정권의 파시즘 체제와 동격으로 인식되었다. 그의 여장 변신은, 스스로 말하길, 아버지-파시즘체제에 대한 의식적인 "반란, 방어, 공격"을 시도하는 것이었다.

그는 예술에 투신하고 싶었지만, 순전히 아버지의 집에서 탈출할 수 있다는 이유만으로 베를린 폴리테크닉 공학부에 입학하는 데 동의했다. "내면의 반란과 억압된 절망"을 멈출 수 없었던 그는 결국 아버지와 절연하고, 나치 정권에 불복하여 예술 작업으로 맞서 투쟁하기로 맹세했다.

그의 신체 알파벳 애너그램 예술은 동시에 고도로 정치적이기도 했다. 그는 당시 독일을 지배하던 나치즘의 아리안 인종주의가 주장한 이상적 신체상의 허구와 거짓을 적나라하게 고발하고, 폭압적인 권력의 지배가 주는 죽음의 공포를 형상화했다.

구체 인형을 해체하고 분리하고, 다시 재조합하는 작업은 끔찍한 파시즘의 세계에서 그가 찾아낸 하나의 반항적 출구였다.

✳

예술은 운명으로 바뀐 우연의 폭력에 맞서 또 다른 우연, 클리나멘을 도입함으로써 투쟁과 자유를 쟁취할 강력한 수단을 제공해준다.

출생, 즉 조국, 부모, 출신 계급, 완고한 관습, 이 모든 것은 이 세상에 우리가 출현함과 동시에 주어지는 우연의 운명이다.

폭력적 우연에 창조적 우연을 맞세우기, 자발적으로 클리나멘의 기울기, 균열을 실행시키기. 클리나멘 – 기계 되기.

✳

언어, 글쓰기의 클리나멘은 모국어로부터 이탈하는 방향으로도 나타난다. 모국어는 우리의 탄생, 부모, 고향, 나의 이런저런 신체조건, 조국이라고 부르는 것들이 모두 그러하듯, 우연히 우리에게 '주어진 것들'에 속한다.

주어진 세계 속에서 모국어는 우리의 세계상을, 법을, 관습과 예법을 규정한다. 언어는 단지 문법 규칙들의 무더기가 아니다. 언어는 세계를 지각하는 방식을 결정하고, 그에 따라 세계상을 규정짓고, 삶의 형식과 사고의 틀을 규정한다.

모국어를 버리고 외국어로 글을 쓴, 언어의 망명자들이 있다.

사무엘 베케트, 블라디미르 나보코프, 조지프 콘래드, 에밀 시오랑, 그리고 밀란 쿤데라 같은 작가들.

낯선 언어는 낯선 세계를 제공하고, 새로운 감각과 사고, 상상력을 불러일으키고, 친숙했던 사물들조차 이질적이고 낯설게 보이게 한다.

낯설게 하기. 모든 예술의 근거이자 지향.

사무엘 베케트는 영어로 걸작을 쓴 제임스 조이스의 영향력에 압도당할까 두려워 영어를 포기하고 독창적인 글쓰기를 위해 불어를 선택했다.

12세기 작센 지방의 성 빅토르 위고가 쓴 문장이다. "고향을 달콤하게 여기는 사람은 아직 미숙하다. 모든 곳을 고향으로 여기는 사람은 이미 강하다. 그러나 전 세계를 타향으로 여기는 사람은 완벽하다."

그러나 나는 여전히 고향의 언어에 머물고 있다.

＊

글을 쓰는 것, 혹은 예술적 창조행위는 '~ 해야만 한다'는 정언명령과 실존적인 불가능성의 좌절감과 공포 사이에서 겪는 내적인 갈등과 고뇌의 길항관계 속에서 힘겹게, 만일 창조가 가능해진다면, 그야말로 고통스럽게 겨우 한 발짝씩 전진할 수 있을 뿐이다.

제 7 장

___ 석양

나는 바닷가 한적한 공원을 천천히 걷고 있었다. 억새들이 바닷바람
에 흔들리고 있었고, 그 위로 자줏빛 석양이 번져가고 있었다.

내가 갈망하는 풍경은 늘 바다와 가까운 것들이었다. 그 푸르
른 공허, 탁 트인 무한 앞에서 내 작은 자아는 쉽게 자아와 결별할
수 있었다. 그리고 우리는 아주 짧은 찰나의 어떤 기다림일 뿐이라
는 사실도 불현듯 다시 깨닫곤 한다. 잠깐 나타났다 스러지는 자줏
빛 석양처럼.

석양빛에 물들어 가는 바다 풍경은 문득 내가 무심하게 흘려
보낸 계절들을 떠오르게 했다. 우연 혹은 운명이 자아내고 묶었던,

그러나 이제는 끊어져 버린 사랑들을 떠올린다. 덧없는 것이 되어 버린 열광과 황홀했던 모든 순간들을 아프게 추억한다.

나는 왠지 늘 무언가를 기다리며 살아왔던 것 같다.

나는 무엇을 기다렸던 것일까?

이 계절에, 나는 또 무엇을 기다리며 갈망하는 걸까?

과거에 가장 행복했던 한 순간을 갈망하듯, 지금 이 순간을 갈망할 순 없을까?

답을 잃어버린 물음들처럼, 빛을 잃어 가는 하늘은 서서히 억새숲 속으로, 어두워지는 바닷속으로 숨어들고, 나는 길 잃은 사람마냥 어둠의 길 속에서 나를 지워가고 있었다.

제 8 장

___ 우연의 신 티케

아르고스Argos. 아르고스는 그리스 펠로폰네소스반도 서북부에 위치한 고대 도시로, 그리스 신화에서 메두사를 죽이고 메두사의 머리를 아테네에 바친 영웅 페르세우스의 고향 도시이기도 하다. 또 아르고스의 왕 에우리스테우스 헤라클레스에게 거의 불가능해 보이는 12가지의 과업을 완수하도록 한 사람으로 등장한다.

고대 그리스 시대 여러 도시들은 도시의 번영과 행운을 가져오는 도시의 수호신으로 티케 여신을 숭배하곤 했다. 특히 아르고스에는 티케 여신을 모시는 신전이 있었다.

오늘날까지 전해 오는 몇 가지 티케 여신 조각상의 모습을 보면, 여신은 머리엔 왕관을 쓰고 한 손엔 풍요의 뿔인 코르누코피아를 들고 있으며, 다른 한 손엔 운명의 키를 잡고 서있다.

고대 그리스에서 티케 여신은 행운과 불운을 좌우하는 우연의 신이며, 그녀가 운의 향방을 쥐고 있다는 점에서 나중에 고대 로마에서 운명의 여신으로 변신할 준비가 되어있는 듯이 보인다. 고대 로마 시대에 티케 여신은 운명의 여신 포르투나Fortuna로 바뀐다.

우연이 곧 운명을 결정한다.

고대 그리스에서 운명을 관장하는 또 다른 세 명의 여신들이 있었다. 바로 모이라이 자매들이다. 모이라이moirai는 그리스어로 '운명들'이라는 뜻을 지닌 복수형 표현으로 단수형은 모이라moira이다. 클로토(클로소), 라케시스(라키시스), 아트로포스의 세 여신이며, 늙은 노파의 모습을 하고 있다. 헤시오도스의 『신통기』에 따르면 이 운명의 여신 세 자매는 제우스와 테미스의 딸들이라고도 하고, 밤의 여신 닉스의 딸들이라고도 한다.

이 운명의 세 여신은 우연과 행운의 운명을 관장하는 티케 여신과는 성격이 전혀 다르다. 이들은 인간의 생사의 운명을 결정한다. 이들이 한 번 결정한 운명은 최고의 신 제우스조차도 바꾸지 못할 정도로 강력하다.

세 여신은 인간 생명이 달린 실을 관리하는데 한 명이 그 실을 자으면 다른 한 명은 이를 감고 나머지 한 명은 인간의 목숨이 다하면 그 실을 끊는다. 클로토가 실을 잣고, 라케시스가 실을 감으며, 아트로포스가 실을 끊는다.

인간의 탄생과 죽음을 관장하는 운명과 삶을 살아가는 동안 인간의 행불행을 좌우하는 우연을 분리해 상상할 줄 알았던 고대 그리스인들의 상상력과 지혜는 놀랍기 그지없다.

전설에 따르면 아르고스 도시에 있던 티케 신전에는 트로이 전쟁의 영웅 팔라메데스가 자신이 만든 주사위를 바쳤다는 이야기가 전해져 온다.

우연의 주사위 던지기.

주사위 던지기에 운명을 내맡기기.

우연이란 무엇인가? 신화적 상징화를 배제한 현대과학과 철학의 개념을 빌린다면, 그것은 **독립적인 인과계열을 가진 두 사건의 접촉이다.** 클리나멘이라는 빗나감, 비껴나기, 궤도를 이탈해 수직낙하하던 낯선 두 원자가 마주치듯이, 어느 날 당신과 내가 길을 걷다 우연히 내가 하필이면 돌부리에 걸려 넘어지고, 하필이면 그 순간에 내 앞쪽에서 걸어오다 놀란 당신이 달려와 나를 일으켜 세워주는, 그런 마주침들이다.

이러한 우연들을 개개 인간 실존의 관점에서 본다면, 우연은 말 그대로 예측 불가능한 사건의 발발이다. 우리가 주사위를 던졌을 때, 어떤 숫자가 나올지는 예측 불가능하다.

우연의 생 ｜ 김운하 에세이

신화 속에서 티케 여신은 주사위의 여신이다. 고대 그리스인들은 인간만사 거의 대부분이 운에 달려있다는 사실을 너무도 깊이 인식하고 있었다.

그들은 다른 누구도 아닌, 우연의 신, 주사위의 신, 인간에게 행운과 불운을 내려주는 티케 여신에게 기도하며 제물을 바쳤다.

고대 로마인들은 티케 여신을 운명의 여신 포르투나로 만들었고, 나아가 운의 무차별성을 강조하기 위해 그녀의 눈을 가려 버렸다. 오늘날 전해지는 포르투나 여신의 그림이나 조각을 보면 여신은 눈가리개를 쓰고 있다. (오, 그렇지 않다면 그토록 선량한 이들에게 그토록 많은 불행이 내려올 리가 있겠는가?)

눈가리개를 한 운명의 여신이 인간의 행불행을 좌우하는 운명의 수레바퀴를 돌린다.

운명의 여신이 눈가리개를 하고 있는 까닭은, 운명의 수레바퀴가 결정하는 행운과 불행이 인과응보의—선한 행위가 보상받고 악한 행위가 벌을 받는—법칙과 무관하게 무차별적으로, 말 그대로 '우연과 운'에 따라 결정되기 때문이고, 선한 자가 불운으로 화를 당하고, 악한 자가 행운으로 복을 받는 어지러운 모습을, 어쩔 수 없지만 신조차 차마 눈뜨고 볼 수 없고 보고 싶지 않았기 때문이 아니었을까?

외면하고 싶고, 부정하고 싶고, 삶과 세상의 근본이 그토록 참담하다는 사실을 결코 인정하고 싶지 않지만, 냉철한 이성의 지혜로 볼 때 그 실상을 인정하지 않을 수 없기에, 고대 그리스인과 로마인들은 그것을 신의 몫으로 돌려놓았다.

탄생과 죽음은 모이라의 여신들의 몫으로.

우연의 이름으로 나타나는 행운과 불운의 운명은 티케 여신의 몫으로.

선한 자가 복을 받고 악한 자가 벌을 받는다는 인과응보의 법칙은 그저 그런 법칙이 통용되기를 소망하는 대중의 소망이거나 환상적 기대일 뿐, 냉혹한 삶의 진리는 그런 소망이나 기대와는 얼마나 거리가 먼가!

그러나 한편으로 생각하면, 포르투나 여신의 그런 무차별한 운명의 수레바퀴 돌리기가 있기에 세상은 공평해지는 것은 아닐까? 만일 행복이 성적 순, 미모 순, 노력과 능력 순으로만 결정되어 버린다면, 이 세상은 또 얼마나 더 무자비하고 메마를 것인가.

길흉화복이 오로지 미덕과 노력, **인과응보의 법칙**에 절대적으로 따른다면, 그 세상은 도대체 어떤 세상일까? 어떤 모습일까?

✳

우리에게 갑작스런 재난과 불운이 닥쳐올 때 우리는 어쩔 수 없이 고통스럽게 절규한다.

"왜 하필이면 나인가!?"

미국의 소설가 커트 보니것은 『제5도살장』이란 소설 어디에선가 똑같은 질문을 던지고선 이런 대답을 하게 만든다.

"아무나면 어때?"

아마도, 고통에 빠진 인간들의 절규에 대한 포르투나 여신의 답변도 그러할 것이다. 행운도 불운도, 그저 우연한 운명일 뿐, 거기에 어떤 합리적이거나 신학적인 이유 따위는 없다. 도덕적인 이유도 없다, 그저 그러할 뿐이다.

✳

"누군가 '착함good보다 운lucky이다'라고 말하는 사람은 인생을 달관한 사람이다. 두려울 만큼 인생은 대부분 운에 좌우된다. 그런 능력 밖의 일에 대한 생각에 골몰하면 무서울 지경이다. 시합에서 공이 네트를 건드리는 찰나, 공은 넘어갈 수도 그냥 떨어질 수도 있다. 운만 좋으면 공은 넘어가고 당신은 이긴다. 그렇지 않으면 패배한다."

우디 앨런의 영화 「매치 포인트match point」 도입부에 나오는 내레이션이다. 단 1점으로 승부가 갈리는 테니스 경기의 한 순간, 한쪽에서 친 공이 하필 네트를 건드리고, 그 공이 어느 쪽으로 넘어가느냐에 승부가 갈린다.

처음부터 영화의 주제가 운의 무차별성, 비도덕성을 냉정하게 다룬다는 걸 드러내는 장면이다. 예술이 삶의 객관적 진실을 포착하는 데 진실한 의의가 있다면, 이 영화는 확실히 그 진실에 부합한다. 진실이 추하고, 반도덕적이며, 비합리적이고 부조리하며, 또한 현실에서 바람직하지 않다 할지라도, 예술은 그것을 있는 그대로 드러내고자 한다.

　가난한 전직 테니스 선수 크리스. 그는 자신의 외모와 경력, 교양을 활용해 신분 상승을 꿈꾼다. 크리스는 단지 출세와 성공을 위해 부잣집 딸 클로에와 정략적인 결혼을 하는 데 성공한다. 그러나 그는 클로에의 집에서 우연히 딱 한 번 보고는 완전히 반했던 배우 지망생 노라라는 여인을 잊지 못하다, 미술관에서 다시 우연히 재회를 하고는 격렬한 혼외 연애에 빠진다. 그러다 노라가 임신을 하게 되어 크리스에게 더욱 집착하며 그들의 관계를 클로에에게 알릴 것을 요구하자 출세길이 막힐 걸 우려한 크리스는 잔혹한 계획을 세우게 된다. 그는 어느 날 노라의 집을 찾아가 노라 옆집의 노파와 노라까지 살해하고 강도가 벌인 짓처럼 꾸민다.

　경찰의 수사가 서서히 크리스를 향해 목을 조여오던 순간, 크리스가 강에 버린 줄 알았던, 살인 현장에서 갖고 나왔던 반지가 하필이면 어느 노숙자의 손에 들어가고 그 노숙자가 범죄조직에 살해당하면서 크리스는 살인 용의선상에서 완전히 벗어나게 된다. 사악한 범죄자 크리스는 **순전히 행운으로** 승자가 된다. 노라와 노파의 무고한 죽음은, 그대로 묻힌다. 완전 범죄.

　이 영화의 주인공 크리스는 도스토옙스키의 소설『죄와 벌』의 주인공 라스콜니코프와는 완전히 다르다. 영화에서 크리스가『죄와 벌』을 읽는 장면이 나오는데, 우디 앨런이 의식적으로 그 소설을 겨냥하고 비틀어 패러디 작품으로 이 영화를 만들었다는 것을 알 수 있는 장면이다. 지극히 선하고 도덕적인 내면의 소유자 라스콜니코프는 죄책감에 무너져 자수한다. 죄의식이 기독교 신에게 귀의함을 통해 구원을 얻는다는 식으로, 작가의 기독교적 구원론을 소설적으로, 이상적으로 그려낸 작품인『죄와 벌』은 여전히 권선징악의 교훈담에 머문다.

우디 앨런은 현실의 모순과 부조리를, 운이 지배하는 세계를 있는 그대로 보여준 반면, 도스토옙스키는 이상적인 기독교 윤리를 지향하며 범죄자의 죄의식과 구원 가능성을 탐구한다.

가차 없는 진실은 우리를 불편하게 하고, 도덕적 이상은 현실에 좌절하는 인간들에게 위안을 준다. 그러나 운은, 우연은, 도덕적인 지침을 전혀 갖고 있지 않다. 우리 인간들은 그런 운의 무차별함과 가차 없음에 대항해 정의와 도덕적 가치가 공평하게 분배되는 세상을 만들기 위해 투쟁한다.

그럼에도 그리스인들은 티케 여신이라는 이미지를 통해 객관적 현실의 부조리를 명확하게 인식하는 일도 결코 게을리하지 않았다.

✳

진실은 진실대로, 이상은 이상대로, 그것들을 각자의 자리에 걸맞게 포착하기.

그리스인들은 삶의 진실을 위해 티케 여신을, 정의를 위해서는 네메시스 여신을 창조했다.

운과 정의는 때로 대립하고, 때로 합치하면서 세상의 질서를 형성한다.

불합리와 합리의 기묘한 뒤얽힘과 교차가 생을 지배한다. 생의 진실은 선과 악의 단순 이분법, 그 너머에 존재한다.

✳

호메로스의 『일리아스』의 한 장면. 아들 헥토르의 시신을 찾으러 프리아모스 왕이 아킬레우스 진영을 찾아갔을 때, 그들은 대화를 나누다 울음을 터뜨리고, 이어 아킬레우스가 이렇게 말한다.

"아, 가엾은 분이시여, 그대는 수많은 불운을 견디어 왔소…. 아무리 고통스럽고 슬프더라도 무슨 소용이 있겠소? 걱정 없는 신들이 가엾은 인간들에게 고통스럽게 살아가라고 지워주는 운명일 뿐이오. 제우스 신의 궁전에는 두 개의 항아리가 있는데, 하나는 축복의 선물이고 다른 하나는 재난의 선물로 가득 차 있다고 합니다. 천둥의 신이 이것을 뒤섞어 인간들에게 주는데, 그런 까닭에 때로는 축복을 받고 때로는 재난을 받지요."[8]

제9장

____ 상처, 사건

흐린 시월, 가을밤의 윤곽이 뚜렷한 형태를 되찾던 밤, 울울한 마음에 집을 나와 산책을 했다. 조에 부스케의 아름답고 고통스런, 상처로 가득한 책을 다시 꺼내 읽던 밤이었다.

조에 부스케가 내 작은 심장을 헤집었다.

밤바람이 몸을 서늘하게 만들어 나는 걷다가 뛰다가, 그렇게 지치도록 제법 먼 거리를 달렸다.

어둠 속에서 빛나는 휘황한 도시의 불빛들이 보였다.

코로나 때문에 술집과 식당, 카페 들은 텅 빈 듯 한산했다.

밤하늘은 별빛 하나 없이 캄캄했다.

한참을 걷다 지쳐 인적 없는 작은 공원으로 들어가 벤치에 앉았다.

어느 순간, 갑자기 나는 고독을 느꼈고, 시야가 조금 흔들렸다. 스스로를 심문하는 변덕스런 이마엔 주름이 깊지만, 내 영혼 먼 곳에서 다시 떨리는 어떤 목소리가 들려오고, 나는 그제야 어둡게 접힌 무릎을 활짝 펴고 일어난다.

나는 어둠 속에서 달리기 시작했다.

길은 미로처럼 여러 갈래로 뻗어 끝없이 갈라지고 있는 것만 같았다.

그러나 언젠가는 그 길조차 끝나는 곳이 있다는 것도 나는 알고 있었다.

＊

"스무 살에, 총탄 하나가 나를 꿰뚫었다. 내 몸은 생으로부터 잘려 나갔다." 조에 부스케가 1946년에 발표한 『달몰이』라는 산문은 이토록 비명 같은 문장으로 시작하고 있다.[9]

수천만 명의 청춘들을 죽이거나 부상자로 만든 제1차 세계 대전이 있었다.

부조리한 세상에 대한 반항으로, 고작 열아홉에 자원입대한 소년 조에 부스케도 있었다. 1918년, 마른 전투에서, 무수한 적들을 바로 코앞에 두고서, 그는 용감하게 선봉에 섰고, 총탄이 하필 그의 가슴을 뚫고 지나갔다.

"내 육체는 마치 죽은 개처럼 나와 함께 있었다."라고 그는 썼다.

그는 죽지 못했고, 살아남아 하반신 마비가 되었다. 불구의 생만이 남았고, 이제 "고통은 나의 존재가 되었다."

평생 침대에 못 박힌 채로 영위되는 생.

고통은 불행 자체로부터 오는 것이 아니라, 고통을 사고하는데서 온다.

상처의 극한에서, 고통은 궁극적인 파멸에의 유혹에 맞서야하는 전장이 된다. 마비로 불구가 된 육체는 골고다산이 되고, 고통은 십자가가 된다. 이런 질문이 가능하다. 구원의 희망도, 미약한 가능성마저도 완전히 배제한 채, 상처로 인한 절망과 고통을 전적으로 시인하면서 이루어지는 사유, 글쓰기는 어떻게 가능한가?

조에 부스케는 끔찍한 불행과 고통을 야기한 한 사건의 체현, 철학자 질 들뢰즈의 말처럼 "사건에 걸맞게 존재하는 것", 즉 사건의 표현이고자 함으로써만 자신의 존재 자체를 가능케 했다. "인간은 그가 제어하는 사건들의 장소이며, 그가 제어하지 못하는 사건들의 장소이다."라고 부스케는 쓴다.

나 이전에 사건이, 익명적인 사건들이 선행하고, 나는 그것을 인칭적으로 표현할 따름이다. 내 삶과 영혼에 새겨진 상처 자체가 스스로를 성찰하도록, 표현하도록 하기.

절망의 철학자 에밀 시오랑은, 인간 존재의 우연한 탄생, 그것을 비극적 사건으로 성찰했다. 태어나지 않는 데 실패한 존재들. 그에게 사유와 글쓰기는 최대한 늘린, 유예된 자살이었다.

✳

우연을 사고하는 것은 사건accident/incident을 사유하는 것이다. 존재는, 생은, 그 수를 모두 헤아리기 어려운 사건들의 총합이다.

탄생의 사건에서 죽음의 사건에 이르기까지, 생의 방정식은 능동과 수동의 상관함수다.

사건을 뜻하는 영어 accident의 어원은 라틴어 '카스카레 cascare', 즉 떨어지다to fall라는 단어이다.

무언가가 떨어진다, 떨어져 접근해 온다.

라틴어 카스카레는 오늘날 cascade라는 영어단어로 변형되어 남아있다. 이 단어는 작은 폭포, 폭포처럼 쏟아지는 물 등을 뜻한다.

accident는 우연하거나 우발적인 사건, 우연chance 등을 뜻한다.

accident와 유사한 단어로 incident가 있다.

accident는 고의성이 없는 사건이나 그로 인한 상처나 피해, 특히 교통수단의 우발적인 충돌을 가리키기도 하다. 반면 incident 는 우발적이거나 폭력적인 사건의 발생에 주로 사용한다.

coincidence는 우연의 일치를 지시한다. 함께co 발생하는 우연한 사건의 일치. 동시에 일어난 사건. 어느 도시를 방문했는데, 우연히 거리에서 그 사람을 만났다, 이 얼마나 놀라운 우연의 일치인가 remarkable coincidence!

✳

우연한 사건들은 떨어지는 폭포수처럼, 우리에게 '떨어진다to fall'. 계획하거나 의도하지 않은 사건들이, 무시로 우리 존재 위로 떨어진다.

우리는 우연을 제어하지 못한다.

스토아주의 철학자들은 사건을 잠재적으로 존재하는 익명적인 사건들과 인칭적인 사건들로 구분했다.

축구 경기의 규칙들은 축구 경기장에서 벌어지는 사건들을 규정한다. 오프사이드, 코너킥, 페널티킥 등은 실제 사건이 벌어지기 전에 이미 잠재적으로 존재한다. 그리고 '나'는 축구장에서 경기를 하다 오프사이드에 걸린다. 비로소 인칭적인 사건이 발생한다.

전쟁, 살인사건, 강도, 사랑, 결별, 실연, 이 모든 사건들은, 나 이전에, 우리들 이전에 이미 항상 인간 세계를 규정하는 잠재적인 사건들로 먼저 선행한다.

내가 로또 복권 1등에 당첨될 사건의 확률은 지극히 낮지만, 복권 추첨 규칙 속에는 누군가가 1등에 당첨될 사건들이 항상 존재한다. 누군가가 1등에 당첨될 확률을 계산할 수 있지만, 실제 내가 당첨될지 어떨지는 순전히 운에 좌우된다.

나이가 고령에 이르면 암에 걸릴 확률이 30퍼센트가 되고, 치매에 걸릴 확률은 10퍼센트라고 한다. 그 사건들이 나에게 일어날까? 우리는 건강을 유지하며 암이나 치매에 걸릴 확률을 없애려고 노력할 수 있다. 그렇다고 해서 암이나 치매에 걸릴 확률이 완전히 사라질까? 그건 결코 알 수 없다.

조에 부스케는 총알이 비처럼 쏟아지는 전장에 있었다. 용감했고, 그 전쟁에서 죽기를 원하는 마음으로 전쟁에 뛰어들었고, 그 전투에서 선봉에 섰던 만큼, 그에게는 총알에 맞을 확률이 아주 높았다.

그는 그 전쟁에서 이미, 항상 잠재해 있던 '총알에 맞다'라는 선행하는 사건을 스스로 실현시킨 셈이다. '조에 부스케, 총알에 맞다'라는 구체적 사건으로.

그는 그런 사건에 걸맞게 존재했던 것이다.

✳

전쟁 없는 전쟁이 매일, 매 순간, 도로 위에서 벌어진다.

언젠가 음주운전으로 40대의 젊은 나이에 평생 반신불수가 된 사람의 이야기를 들은 적이 있다. 그는 자기도 모르는 사이에 **능동적으로** 불행한 사건의 가능성 쪽에 주사위를 힘껏 내던진 셈이다.

예측 불가능한 우연한 사건들은 벼락처럼 우리를 덮치고, 우리는 그 순간의 과오를 결코 되돌릴 수 없다.

불가역적인 시간 속에서, 불가역적인 사건들이, 무시로 우리 위로 떨어진다.

✳

탄생부터 죽음까지, 우리는 매 순간, 우리 존재 아래, 보이지 않는 세계에서 잠재하고 선행하는 좋거나 나쁜 사건들 사이를 질주한다. 때로는 능동적으로, 때로는 수동적으로, 우리는 그 선행하는 사건들을 인칭적으로 실현한다.

일생에 걸쳐 발생하는 수천, 수만 번의 크고 작은 사건들을, 그 사건이 몰고 올 파장과 효과, 결과들을 미리 다 예측하는 건 불가능하다.

인생을 완벽하게 안전 운전하는 건 불가능하다.

단 한 번뿐인 생에서, 고통과 상처는, 불가피하다.

삶의 추는, **능동과 수동**의 양극 사이에서 진동하지만, 삶은 근본적으로는 훨씬 더 수동태적인 것이다.

✳

상처는 결코 치유되지 않는다. 그것은 자신을 표현한다. 우리의 뼈와 살은 상처들로 이루어진 언어다. 언어 속에서, 상처는 인간 생의 묵은 고통의 역사를 드러내고, 비가시적인 생의 깊이를 표현한다.

사건의 장소들로서 상처의 존재들인 우리는, 우리 존재의 깊이와 명예, 운명이 되는 형태의 묵상 기도들이다.

＊

고통으로 인한 상처는 우연한 존재들의 운명이다. 우리 영혼의 깊고 어두운 내벽에는 상처로 인한 흉터 자국들이 알타미라 동굴 속의 벽화처럼 새겨져 있다.

제 10 장

_____ **그녀의 왼손**

한 사람이 자신이 평생에 걸쳐 갈망하고 추구한 삶의 가치와 목표 들로부터 거의 완벽하게 배반당하고, 그리하여 그의 삶 전체가 '실패'로 규정되고 만다면, 우리는 그 사람의 생을 무엇이라고 불러야 할까?

✳

우리에게 『적과 흑』, 『파름의 수도원』, 그리고 『연애론』으로 잘 알려진 19세기 프랑스 소설가 스탕달.

나는 지금 스탕달이라는 필명이 아닌, 앙리 벨Henri Beyle이라는 본래 이름의 한 남자를 생각한다. 그의 불행했던 삶을 떠올리면 어쩔 수 없이 깊은 슬픔에 빠진다.

스탕달의 전기 작가들은 그를 묘사할 때 끊임없이 '실패'라는 낱말을 사용했다. 그는 자신의 유일한 갈망이라고 생각했던 사랑에도 실패했고, 그 이전엔 군인으로도 실패했으며, 마지막엔 예술가로서도, 그의 생전엔 처참하게 실패했다. 더욱이 스무 살이 되기도 전에 얻은 몹쓸 병으로 평생을 고통받기까지 했으니, 그는 자신의 몸과 건강을 지키는 데도 실패한 삶이었다.

그가 혼을 다해 썼던, 1830년에 발표한 『적과 흑』이 참혹한 외면을 당하자 그는 진지하게 자살을 고려했다. 『연애론』도 『파름의 수도원』도, 당대 독자들과 비평가들에게 철저히 외면당했다. 오늘날 그가 발자크와 플로베르와 더불어 19세기의 가장 위대한 소설가로 우상화되고 있다는 사실을 생각하면, 예술의 참혹한 아이러니를 다시 생각하지 않을 수 없다.

나는 그가 1819년 이래 평생 자신의 책상 위에 올려놓고 간직했던, 석고로 뜬 한 여인의 왼손을 떠올린다.

그의 생에서 가장 진실하게, 열렬하게 사랑했고, 평생 잊지 못했으며, 그의 작품 곳곳에, 여주인공들의 모습으로 환생한 여인, 마틸데 뎀보프스키.

우연의 여신 티케는 앙리 벨에게 가혹한 고통과 책들을 안겨주기 위해 1818년 3월, 그를 이탈리아 밀라노에 있는 마틸데의 살

롱으로 이끌었다. 마틸데는 당시 스물여덟 살이었고, 별거 중인 폴란드 출신 장군인 남편과 두 아이가 있는 귀부인이었다. 그녀는 고작 열일곱 나이에 부모의 강요로 무려 서른 살이나 나이가 많고, 성격도 포악한 데다 끔찍한 질투심을 가진 남편과 결혼해야만 했고, 둘 사이의 불화는 결국 별거 상태로 이어지고 있었다.

앙리 벨은 우수가 가득하고 우아한 미소를 짓는 그녀에게 첫눈에 반하고 말았다. 당시 서른다섯이던 앙리 벨은 고작 이탈리아 기행문을 한 권 썼을 뿐인 초보 작가였다.

앙리 벨은 열정적이었지만 지극히 신중한 태도로 그녀에게 다가갔다. 이윽고 마틸데도 그의 지성과 열정에 호감을 보냈으며, 무엇보다 그의 열렬한 구애에 조금씩 마음을 열기 시작했다. 그렇게 첫 만남 이후 1년 동안은 앙리 벨의 인생에서 가장 행복한 시간이었는지도 모른다. 바로 그 기간 동안에 둘 사이의 애정의 증표로 남게 된 것이 바로 마틸데의 왼손 석고상이었다.

그러나 1819년 어느 날 일어난 작은 사건, 앙리 벨에겐 '치명적인 사건'이 일어나면서 그는 천국에서 순식간에 지옥으로 추락하는 상황에 직면해야만 한다.

마틸데가 볼테라에 있는 수도원 기숙사에 있던 두 아들을 만나러 간 날.

앙리 벨은 자신에 대한 마틸데의 애정을 지나치게 확신했던 걸까?

그녀가 밀라노를 떠나기 전날 밤 그녀와 만났던 앙리 벨은 불현듯 엉뚱한 생각을 떠올리고 말았다. 그녀 몰래 변장을 한 채로 볼테라로 가서 그녀에게 '서프라이즈' 이벤트를 벌이기로 한 것이다.

그는 노란 자켓, 짙푸른 색 바지, 챙이 높은 벨루어 모자, 초록색 안경에 검정 구두 차림으로 볼테라 시내를 돌아다니면서 그녀가 자신을 '우연히' 발견하기를 기다렸고, 마침내 그를 알아본 그녀는 알 듯 모를 듯한 오묘한 눈길을 보냈다.

그는 그런 우연한 마주침이라는 이벤트로 스스로 만족하고 기뻐했으며, 그녀 역시 그런 그의 행동을 앙리 벨의 낭만적인 열정에 걸맞은 사랑의 표현으로 간주할 걸로 믿으면서, 노래까지 흥얼거렸다.

그러나 그건 앙리 벨의 실로 거대한 '착각'이었다.

마틸데는, 그의 생각과는 정반대로, 그런 행동을 기괴하고 무례한 도발로 받아들였다. 그녀는 앙리 벨에게 냉담하고 비판적인 편지를 써 보냈고, 그 한 장의 편지는 앙리 벨을 완전히 무너뜨리고 말았다.

1821년, 앙리 벨이 프랑스 정부의 스파이일지도 모른다는 의심을 사는 바람에 이탈리아에서 추방당하던 그 순간까지, 그는 계속 그녀를 찾았고, 자신의 진실한 마음과 열정을 고백하며 어처구니없는 실수를 거듭 사과했지만, 아마도 처음부터 앙리 벨에게 깊은 사랑을 느끼진 않았던 마틸데는 마음의 문을 꼭 닫은 채 의례적인 환대만을 해주었을 뿐이다.

그녀는 그의 사랑과 열정에 계속 침묵했고, 응답하지 않았고,

끊임없이 그를 무한정 기다리고 또 기다리게 했다. 결국 지칠 대로 지쳐버린 채 절망한 앙리 벨은 자신의 불행한 사랑, 좌절하고 절망한 고통을 잊기 위해 『연애론』을 쓰기로 결심한다.

✳

사랑에서 가장 가혹한 것은 무엇일까? 그것은 열정의 소진으로 인한 완전한 결별이 낳는 쓸쓸함도 아니고, 일방적인 결별 통보로 인한 충격적인 좌절의 고통도 아니다.

그것은 까닭을 알 수 없는 연인의 냉담한 침묵과 만남의 거부, 불확실성 속에서 보내야만 하는 무한정한 기다림의 고통이다.

스탕달, 아니 앙리 벨은 그 사실을 처절하게 경험했다. 그는 자신의 실수가 그토록 큰 벌로 돌아오는 것을 이해할 수 없었다. 바로 전날까지만 해도 그토록 다정하던 마틸데가, 그 한 번의 실수로 돌변하여 냉담해지고, 그의 고통스러운 호소와 애원에도 답하지 않으며, 결별을 암시하는 태도로만 일관하며 불확실성만을 보여주는 이유를, 그는 이해할 수 없었다.

몇 달 동안, 앙리 벨은 완전한 무기력과 우울, 절망에 빠진 채 그녀가 자신을 피하는 이유를, 모호한 태도로 무작정 기다리게 하는 이유를, 혹은 그 자신을 내치기로 한 이유를 이해하기 위해 전전 긍긍했고, 미칠듯한 광기에 휩싸일 정도로 고통에 시달려야만 했다. 가혹하게 시험당하고, 그럼에도 결코 응답받지 못하는 사랑.

앙리 벨은 『연애론』에서 이를 "**가혹한 효과**"라고 불렀다. 상대가 차갑게 나올수록 과거의 행복하고 달콤했던 순간들에 더 강하게 집착하며 전전긍긍하게 되는, 가혹한 고문과도 같은 그것.

"상대가 냉담하게 대할수록 마음을 빼앗겼던 과거의 추억에 더욱 강력하게 집착하게 되어 깊고 감미로운 몽상에 빠져들게 되는" 가혹한 고문과도 같은 그것.

＊

완전한 결별일까, 아닐까? 화해의 가능성이 있을까 없을까? 그/그녀가 냉담해지고, 만남을 피하며, 어떤 간절한 호소에도 응답하지 않는 이유는 무엇일까? 마음을 돌아서게 만든, 그/그녀가 겉으로 주장하는 어떤 이유들 외에 어쩌면 당사자조차도 잘 모를 수도 있는 무의식적인 진짜 원인이 있다면, 그것은 과연 무엇일까?

이런 질문들에 대한 무지, 알 수 없음, 답변을 듣지 못하는 침묵과 무응답.

혼자 질문하고 대답하기, 절망에서 분노로, 무기력과 우울에서 자포자기해 버리려는 심정에서 솟아나는 자살 충동, 그 끝없는 정신분열증과 혼란 상태는 기다림이 길어질수록, 침묵이 길어질수록 그 폭과 강도가 세지고, 마침내 미칠 듯한 병적인 우울, 끔찍한 멜랑콜리의 상태에 이를 때, 그 가혹함의 효과는 최대치에 이른다.

그리고 최후 상태는 자살 혹은 살인, 혹은 그/그녀를 영원히 보지 못할 곳으로 멀리, 최대한 멀리 떠나기, 혹은 그나마 앙리 벨처럼 글쓰기로 절망을 순화시키기.

✳

사랑의 열정pathos은 쾌락과 기쁨hedone 이상으로 고통pathos과 비애pathos을 낳는다.

우리가 열정이라고 번역하는 영어 단어 'passion'은 희랍어 '파토스pathos'에서 온 단어다.

희랍어 pathos의 동사형인 '파스케인paschein'의 뜻은 '겪다', 구체적으로는 '고통을 겪다'이다. 그리스 철학자들은 파토스pathos를 로고스logos와 대비되는 정념, 인간 마음의 비합리적 부분으로 이해했고, 이성으로 통제하거나, 억압하거나, 잠재워야 할 부정적인 것으로 이해했다.

유럽의 중세 시대에, 사랑의 열정, 정념은 일종의 질병으로 간주되었다.

파토스의 의미 가운데 '질병'이라는 뜻도 들어가 있는 이유다.

파토스는 열정이자 고통이며, 질병이자 비애이다.

예수 그리스도가 십자가에 못 박혀 죽는 고통, 즉 신의 고통은 대문자 P를 써서 'Passion', 즉 모든 고통 가운데 가장 큰 고통인 '수난'이라고 불렀다.

✳

마틸데 뎀보프스키는 앙리 벨이 『연애론』을 쓴 지 고작 3년 후인 1825년 3월에 세상을 하직하고 만다. 그 소식을 들은 앙리 벨은 작가의 죽음, 즉 자신의 죽음과도 같다며 고통스럽게 슬퍼했다.

그녀의 나이 고작 35세였을 때였다.

앙리 벨, 스탕달이라는 필명을 가졌던 남자는 1842년, 뇌출혈로 사망했다.

59년의 생, 그토록 사랑을 열렬히 갈망했지만 얻지 못했고, 작가로서 문명조차 얻지 못했으며, 몹쓸 병으로 평생 고통을 당했던 한 남자의 생의 종말.

가혹한 생.

● 스탕달 『연애론』 초판. 몇 년 동안 이 책은 고작 몇십 부밖에 팔리지 않았다.

우연의 생 ── 김운하 에세이

79

제 11 장

___ **막스 브로트**

나는 카프카를 생각할 때마다 그와 아름다운 우정을 나눈 막스 브로트를 함께 떠올리곤 한다. 하나의 우연이 지고하고 아름다운 우정의 운명으로 승화된, 미학적 우정의 표본 같은 우정.

슬픈 스탕달에겐 결코 운명이 허락하지 않았던 그것.

스탕달에겐 고독한 죽음만이 있었지만, 카프카에겐 끝까지 그의 곁을 지켜 준 막스 브로트가 있었다.

성별과 시간을 초월한 우정, 세상에 흔한 단순한 친교를 뛰어넘는 그 아름다운 깊이는 어디에서 나오는 것일까?

✳

고대의 철학자들, 에피쿠로스뿐 아니라 아리스토텔레스조차 우정을 사랑보다 지고한 가치로 평가했지만, 마치 줄이 끊어져 땅바닥에 제각각 흩어져 버린 구슬들처럼 파편화된, 고독한, 고립된 영혼들의 성긴 집합체가 되어버린 현대 사회에서, 과연 오늘날 어떤 종류의 우정이 가능할까?

우정 Philia이 사랑 Eros보다 더 우월한 면이 있다면, 우정이 사심 없는, 제약 없는, 타자성을 훼손하지 않고 타자를 나의 동일성으로 흡수해 버리지 않는, 다름과 분리를 무조건 긍정하는 사랑의 방식이기 때문인지도 모른다.

성별을 초월한, 시간과 우연을 운명의 불가피한 조합으로 만드는 능력.

그러한 연대, 두 영혼의 내재적 결합을 나는 늘 갈망해 왔다.

그러나 모든 위대한 사랑은, 스탕달이 예찬한 그 낭만적이고도 성숙한 높은 사랑의 크리스털은, 우연을 넘어서고 극복하려는 열정의 깊이를 통해서만 도달하는 높이가 아니던가.

스피노자가 말했던 것처럼, 위대하고 아름다운 것들이 모두 그러하듯 그런 사랑과 우정 역시 드물고 희귀하다.

＊

카프카와 막스 브로트는 1902년 대학시절에 처음 만났다. 둘 다 진지하게 작가를 꿈꾸고 있었고, 낙천적이고 사교적인 브로트와 달리 내면적이고 고독을 좋아하는 카프카는 서로 기질적으로 많이 달랐음에도 서로를 존중하고 격려하며 우정을 형성했다.

놀라운 건 카프카가 죽는 순간까지도 거의 무명이나 다름없었던 반면, 막스 브로트는 대학 재학 시절부터 이미 문단에서 문학신동으로 명성을 떨치고 있었고, 여러 권의 책을 낸 유명 작가였다는 사실이다.

예술가들, 특히 같은 장르에서 활동하는 예술가들이 굳건한 우정의 연대를 지속하기란 얼마나 어려운가? 어떤 시샘이나 경멸도 없이, 서로를 격려하고 의지하며 각자의 발전을 위한 지적 상승 운동에 헌신하기란 얼마나 어려운가?

막스 브로트는 한결같이 카프카의 재능을 알아보았고, 격려했고, 도움을 아끼지 않았다.

1924년 3월, 독일 베를린에 도라 디아만트와 지내던 카프카가 결핵이 심해져 위급한 상황이 되었을 때, 가장 먼저 달려온 이도 막스 브로트였다. 그리고 끝까지 그의 곁을 지키며, 그의 유언을 듣고, 다행히도, 카프카의 유언을 따르지 않고 카프카의 모든 원고를 간직하고 연구하여 출판한 것도 막스 브로트였다. 카프카의 사후, 세상에 카프카 알리기에 앞장선 것도, 그리하여 유럽에 카프카 바람이 불도록 헌신했던 이도 바로 막스 브로트였다.

도대체 어떤 의지와 노력이 이런 우정을 가능케 하는 것일까? 그것은 카프카의 행운일까, 아니면 카프카 자신의 생전의 충실성 때문이었을까? 혹은 막스 브로트라는 친구의 우정어린 헌신 때문이었을까?

막스 브로트의 우정으로 인해, 카프카의 삶은, 문학 이전에, 문학이 없었더라도, 이미 완전한 아름다운 문학에 속하는 것이리라.

일찍이 에피쿠로스가 갈망하며 찬양하고 찾았던 바로 그런 우정.

제 12 장

____ 장면

고대 그리스인들은 시간을 두 가지 종류로 구분했다. 크로노스kronos
의 시간과 카이로스kairos의 시간으로.

크로노스의 신이 관장하는 시간은 양적이고, 물리적이며, 존
재의 탄생에서 죽음까지 강물이 바다로 흘러들 듯 순차적이고 수평
적으로 흘러가는 시간이다.

반면에 카이로스의 시간은 벼락처럼, 번쩍하는 섬광과 함께
먹구름이 잔뜩 낀 검은 하늘을 찢듯이, 크로노스의 시간을 칼로 찢
어내며 수직으로 내리꽂는 시간이다.

카이로스의 시간은 그처럼 특정한 순간, 존재의 일상과 정상

적인 흐름에 균열을 내고, 그 순간 이전과 이후를 영원히 분리시켜 버리는 시간이다.

　기회이자 위험이고, 분리이자 도약이고, 우연이자 운명인 시간.

　우리가 "~ 할 때"라고 말하는 바로 그 "때"의 순간.

　운명이 우연의 가면을 쓰고 등장하는 순간.

　혹은 한 원자가 클리나멘을 통해 갑자기 낯선 원자와 접촉하며 충돌하는 순간.

＊

　한 존재의 삶과 운명을 급변시키는 카이로스의 순간은 때로는 하나의 언어적 메타포로, 때로는 하나의 시각적인 장면으로 각인되고, 영혼 속에 고착된다.

　밀란 쿤데라의 소설 『참을 수 없는 존재의 가벼움』에서 주인공 토마시는 언어적 메타포에 고착된다. 식은땀을 흘리며 독감에 시달리는 연약한 여인 테레자 곁에서 불현듯 떠올린, 구약 성경 모세 이야기의 은유.

　'강보에 실려 떠내려온 가엾은 아기.'– 쿤데라는 메타포가 위험하다고 말한다. 그것이 위험한 이유는, 그 사소한 은유 하나로도 한 삶을 영구히 바꾸어 놓기에 충분하기 때문이다. 토마시는 그가 떠올린 은유가 영혼에 불러일으킨 '동정compassion', 즉 상대의 고통을 내 것처럼 느끼는 그 무서운 감정에 결박된다. 그는 거기에 못 박힌다. 동정의 족쇄가 그의 영혼에 채워지고 그는 결코 테레자를 떠나지 못한다.

그 소설에 나오는 또 다른 인물 프란츠는, 어린 시절 남편에게 버림받은 어머니가 충격을 받은 나머지 신발을 좌우로 바꿔 신은 모습을 보고 '가련한 어머니 – 여성'의 이미지에 고착되고 만다.

스탕달은 마틸데를 처음 본 순간, 그의 머릿속에 섬광처럼 레오나르도 다 빈치가 묘사한 롬바르드Lombarde의 아름다움을 떠올린다.

그리고 마틸데가 선물한 석고로 뜬 그녀의 왼손.

시인 단테 알리기에리는 나중에 그가 베아트리체, 즉 "은총을 주는 이"로 부를 비체 포르티나리와 피렌체의 한 다리 위에서 처음 마주쳤을 때 그녀가 보여준 미소를 영원히 잊지 못한다. 그녀는 『신곡』의 운명이 된다.

✳

사랑은 몇 개의 이미지, 장면, 문장으로 축약된다.

결코 망각될 수 없는 이미지들이 있다.

삶이 공허하거나 지리멸렬해질 때조차도, 아름다운 그 몇 개의 이미지가 우리를 살게 한다.

그리고 그 이미지들은 대개, 우연의 카이로스가 내려준 선물이다,

한 입술이 다가가고, 다른 입술이 마주 다가와 입을 맞춘다. 사람들이 많은 카페 안이다. 그 다정한 입맞춤이 마지막 키스가 될 줄은, 그 순간엔 미처 알지 못한다.

그런 장면을, 우리는, 결코 잊지 못한다.

역사상 최초로 카이로스의 철학을 아름답게 보여주었던 구약 성경 「전도서Kohelet」의 저자는 이렇게 쓴다. "무엇이나 다 정해진 때 kairos가 있다. 하늘 아래서 벌어지는 무슨 일이나 다 때가 있는 법이 다…. 사람의 앞날은 헛될 뿐이니, 불행한 날이 많은 것을 명심하고 얼마를 살든지 하루하루를 아름답게 즐겨라."[10]

제 13 장

____ 클리나멘 1

정원의 철학자 에피쿠로스(기원전 341-271년)는 신을 부정하고 쾌락을 부추겼다는 이유로 금욕주의 철학자들인 스토아주의자들과 기독교 신학자들로부터 애꿎은 비난의 표적이 되곤 했다. 그러나 그는 우연이 창조하는 개인적 자유를 발견했고, 여성과 노예를 포함한 만인이 평등하다는 사상을 몸소 실천했으며, 인간의 마음을 불필요한 고통에서 해방시킬 수 있는 방법을 고민했다.

그는 아테네 외곽에 여성과 노예도 받아들인 '우정의 공동체'를 만들어 생활했다. 검소하고 단순한 삶 가운데서 철학과 예술을 토론하며 방대한 분야에 걸쳐 책을 썼다.

그는 고대 원자론을 완성한 데모크리토스와 마찬가지로 원자론을 지지했지만, 데모크리토스에게서 모호한 부분을 클리나멘이란 개념을 통해 보완하며 더욱 정교하게 완성했다.

현대 과학자들은 이 세계가 원자들의 집합이라는 사실을 증명했다. 원자는 그리스어로 아토몬Atomon이라 하는데 그것은 더 이상 분할 불가능하다는 의미다. 우리의 몸도, 나무도, 새도, 바위도, 모두 원자라는 레고 블록들로 만들어진다. 세계는 이런 원자들의 결합과 해체로 이루어져 있고, 스스로의 법칙으로 작동하고 변화하기 때문에 신적인 초월자를 전혀 필요로 하지 않는다. 세계는 원자들이 운동하고 변화할 수 있도록 해주는 공허와 원자들만 필요할 뿐이다.

원자들이 공허 속에서 비처럼 쏟아진다. 원자들의 거대한 소용돌이 속에서 같은 종류의 원자들끼리 마주치고, 결합하고, 분류되면서 세상 만물이 탄생한다. 그러나 태초에 세계가 탄생한 후, 원자들의 변화와 운동은 엄격한 인과법칙을 따른다. 모든 현상에는 그 현상을 초래한 필연적 원인이 있다. 우연과 운이란 것은 인간 이성과 사고의 한계를 지시하는 용어일 따름이었다. 데모크리토스는 이 세계 전체가 필연적인 인과법칙을 따른다고 본 사실상 엄격한 결정론자였다. 17세기 이래, 우주를 저절로 작동하는 하나의 거대한 시계로 본, 기계적 결정론의 선구자.

그러나 에피쿠로스는 데모크리토스의 원자론 체계에서 모호하게 남아 있던 우연과 필연의 관계를, 원자들의 운동 방식을 다시 정립했다.

놀랍게도 에피쿠로스는 원자들의 운동에 클리나멘을 적용했다.

클리나멘이란 단어 자체는 로마 시대 사상가 루크레티우스가 사용한 라틴어다.

무수한 원자들의 비가 허공에서 수직 낙하 운동을 한다. 그러나 에피쿠로스에 따르면 원자들의 낙하 운동은 직선 운동만 하는 것이 아니다. 어느 순간, 원자는 우발적으로, 우연히, 무한히 작은, 최대한의 작은 기울어짐, 즉 '궤도 이탈'을 일으킨다. 언제, 어디서, 어떻게 그런 클리나멘적 사건이 일어나는지는 모른다. 말 그대로 우발적인 존재 사건이기 때문이다.

클리나멘은 중력과 관성에서 벗어나는 비켜남의 운동이다.

클리나멘은 수직 낙하하던 원자로 하여금 그 궤도에서 '빗나가도록' 각도를 미세하게 '교란'시켜 가까운 원자와 새롭게 마주치게 하고, 이 마주침이 또 새로운 마주침을 유발하고, 그리하여 그런 연쇄적인 마주침과 충돌이 새로운 원자들의 결합과 해체 운동을 일으키며 세계를 구성하는 존재들의 재형성을 구축한다.

프랑스의 현대 철학자 루이 알튀세르는 이를 "마주침의 유물론이라는 은밀한 흐름"이라 불렀다.

클리나멘적 우주를 상상한다면, 그 우주는 무수한 우연들이 작동하고, 우연을 통해 예측 불가능한 존재 사건들이 무수히 벌어지는 우주일 것이다. 바로, 오늘날 양자역학이나, 진화 생물학자들이 이해하는 우리 우주의 모습 그대로.

'나비 효과'처럼, 즉 북경의 한 마리 나비의 날개짓이 예측 불가능한 연쇄 작용을 통해 지구 반대편에 거대한 태풍을 일으키듯, 클리나멘의 지극히 사소한 비켜남은, 세계를 다른 방식으로 생성시키는 힘이다.

✳

원자의 미세한 궤도 이탈, 경로 이탈, 비켜남, 그것은 낯선 원자와의 만남을 통한 새로운 가능성을 창조한다. 중력과 관성에서 벗어난 자발적인 비켜남과 이탈은 윤리학적으로 '자유'의 가능성을 창조한다.

에피쿠로스의 클리나멘은 자유와 낯선 미래의 가능성이다.

무엇보다 클리나멘은 주어진 **운명에 대항하여 투쟁하는 힘**이다.

그것은 우리 삶을 지배하는 정해진 규칙들의 세계 속에서, 그 규칙을 '위반'하며 새로운 규칙을 능동적으로 창조하는 행위다.

클리나멘은 **능동적 우연**의 사태다.

우리는 각자 하나의 원자들이고. 세계 안에서 끊임없이 움직이고 변화하는 가운데, 사람, 사물, 동식물, 비와 번개, 바람 등 모든 다른 원자들과 무수히 만나고, 부딪치고 결합하고 분리되며 삶을 살아간다.

매일매일, 우리는 클리나멘적 우연의 사건과 마주한다.

낯선 부딪침, 예기치 않은 우연한 사건들이 우리의 삶을 이전과는 전혀 다른 방향으로 이끈다.

*

스스로 궤도를 이탈하는 원자 존재는, 클리나멘을 실행하는
존재는 누구인가?

제 14 장

_____ 아타락시아

에피쿠로스는 기원전 306년, 아테네 외곽, 에리다노스강의 맑은 물이 흐르고 우거진 수목들이 있는 조용한 곳에 자신의 집을 중심으로 작은 정원을 일구며 검소하고 소박한 우정과 학문의 공동체를 만들었다.

그는 훗날 스피노자가 그랬던 것처럼, 사색과 우정에 집중하기 위하여 영혼의 평정을 해치고 삶을 번거롭고 성가시게 만드는 결혼을 거부했고, 좌절과 실의만을 낳는 정치를 혐오했으며, 사랑보다는 우정에 더 높은 가치를 두었다. 누추한 옷을 입은 채 손님을 맞았고, 보리빵과 물, 포도주 한 잔만으로 만족하고 기뻐했으며, 삶을 심란하게 만드는 재물을 쌓기를 거부했다.

그는 떠들썩한 군중의 여론과 갈채를 거부했고, 아무도 자신의 말을 이해하지 못하더라도 고독 속에서 마치 신탁을 듣듯이 글을 쓰기를 원했다.

그는 무엇보다 고독과 책과 음악을, 글쓰기를 사랑했고, 동료와 제자들과 철학과 예술을 주제로 토론하길 즐거워했고, 햇살이 환한 날이면 그의 집을 둘러싼 숲과 에리다노스 강변을 조용히 거닐며 사색하는 걸 가장 큰 기쁨으로 받아들였다.

그는 금욕적이라고 할 정도로, 차라리 수도승의 삶이라고 할 만한 검소한 삶을 살았다.

"선생님, 우리는 모두 행복을 갈망하는데, 정작 행복과는 거리가 먼 삶을 사는 이유는 무엇일까요?" 어느 날, 에피쿠로스는 그의 제자 레온티우스와 그의 아내 테미스타와 함께 정원 산책을 하다가 테미스타에게 이러한 질문을 받았다.

그는 조용히 미소를 띤 채로 그녀를 바라보곤 고개를 끄덕였다.

"그건 우리 인간의 본성이 선에 약한 것이 아니라, 악에 약하기 때문이고, 진실로 행복에 이르는 올바른 척도를 갖고 있지 못하기 때문이겠지요."

그러고는 그는 새들이 지저귀는 소리가 들리는 나무를 올려다보았다.

"저 새들은 작은 벌레만으로 만족하고, 거기에 오늘처럼 따사로운 햇살이 선물처럼 자기에게 내려올 때, 큰 기쁨으로 노래를 하지요. 그 작은 것들만으로도 새들은 충분히 행복과 마음의 평온에 도달합니다. 그리고 이 나무에서 저 나무로 자유롭게 어디든 날아가지요. 저 새들은 본성 속에 이미 행복의 척도를 가진 셈이지요."

"반면에 우리 인간은 너무 복잡하지요." 하고 레온티우스가 말했다.

"저 새들에겐 없는, 만족을 모르는 탐욕과 허영심이라는 악에 쉽게 굴복하구요."

레온티우스의 말에 에피쿠로스는 조용히 미소를 지으며 인간의 욕망들에 대해 이야기하기 시작했다.

＊

에피쿠로스는 인간의 욕망을 세 가지로 분류했다. 자연적이면서 필수적인 것, 자연적이지만 필수적이지는 않은 것, 그리고 자연적이지도 필수적이지도 않아 전적으로 불필요한 것들.

에피쿠로스는 마치 현대의 미니멀리스트처럼, 의식주에서 최소한의 것만으로도 삶은 충분하다고 말한다. 인간의 행복은 욕망의 성취를 늘려가는 데 있는 것이 아니라 욕망을 줄여나가는 데 있다고 말한다. 식탐, 사치, 허영의 산물인 과시적인 소비, 영예나 인기에 대한 추구, 이런 것들은 자연적이거나 필수적인 것도 아니며 그저 고통과 시름, 상실에 대한 불안과 동요만을 낳을 뿐이었다.

놀랍게도 에피쿠로스는 사랑의 격정erotikon pathos에 대해서도 그것이 본능에 뿌리를 둔 즐거움hedone이라고 인정했지만, 너무 자주 해악과 고통pathos을 겪게 한다는 이유로 부정적으로 평가했다. 그에 따르면 사랑은 자연적이지만, 필수적인 것은 아니었다. 그것은 충족되지 않더라도 고통을 일으키지 않는 욕구에 속하며 따라서 필수적인 욕구가 아니었다.

반면에 우정은 그 자체가 바람직하고, 오래 지속되며, 영혼이 평안한 가운데 참된 기쁨과 즐거움을 주는 가장 우월한 미덕으로 평가했다. 그는 누구와도, 여성, 노예, 창녀와도 신실한 우정을 교환하길 원했고, 그의 정원은 그런 우정으로 가득 채워졌다.

낭만적 사랑의 격정에 인생을 걸다시피 했던 스탕달, 그런 격정의 고뇌를 꺼려했던 에피쿠로스. 불꽃처럼 열정을 활활 태워버리는 삶과 속세를 저버린 듯 고요한 은둔 현자의 삶.

평범한 속세의 삶 속에서 살아가는 우리는, 스탕달적 열정과 에피쿠로스적인 고요한 삶 사이에서 매순간 갈등하고 흔들리면서, 방황하면서, 고뇌하며 강물이 흐르고 흘러 바다로 흘러들 듯, 삶의 최종 목적지인 죽음을 향해 떠밀려 가고 있는지도 모른다.

✳

에피쿠로스가 세운 그 우정의 정원학교는 그의 사후에도 800년이나 지속되었다. 서기 529년, 로마제국의 유스티니아누스 황제는 그때까지 아테네에 남아있던 플라톤의 아카데미와 함께 에피쿠로스학파의 정원도 폐쇄하고 말았다.

✳

에피쿠로스는 인간을 옥죄는 모든 고통과 예속에서 벗어나 마음의 평온, 즉 아타락시아를 추구하고 얻는 데 자기 철학의 목표를 두었고, 그것을 몸소 실천했다.

그는 자유로운 삶의 기쁨과 즐거움을 추구했고, 그것의 궁극적인 토대가 마음의 평온함, 즉 아타락시아에 있음을 알렸다.

그는 말년에 신장결석으로 인한 병에 시달렸지만, 헤르미포스에 따르면 죽는 순간까지 마음의 평정과 기쁨을 잃지 않았다. 책과 친구들, 그리고 정원을 남겼지만, 그의 소유물로 가지고 있던 것은 아무것도 없었다.

그는 따뜻한 물로 채워진 욕조 안으로 들어가 깨끗한 포도주 한 잔을 마셨고, 친구들에게 그의 가르침을 잊지 말라고 당부한 후에 조용히 미소를 지으며 눈을 감았다.

✳

에피쿠로스는 사유 활동 자체에서 늘 기쁨을 발견하곤 했다. 그에 따르면 사유 활동의 경우, 목적이 이루어졌을 때 비로소 힘겹게 열매가 얻어지는 다른 일들과 달리, 기쁨이 앎gnosis과 함께 동반한다고 썼다. 왜냐하면 배움mathesis이란, 배움의 끝에서야 찾아오는 것이 아니라, 즐거움과 동시에 생겨나기 때문이다.

책을 읽는 것, 글을 쓰는 것 자체가 사유 활동의 본질에 속하기 때문이다.

독서, 글쓰기는 또한 클리나멘의 자유를 누리는 기쁜 활동이기도 하다. 우리는 책을 읽고 글을 쓰면서, 우리 자신에게서 벗어난다. 과거의 나 자신으로부터 일탈한다. 상상력의 도움을 얻어 아직 가보지 않은 미지의 어느 곳으로 창조의 날개를 활짝 펴고 비상한다.

내면의 클리나멘 속에서, 우리는 다른 사람이 된다.

제 15 장

___ 두 번 사랑을 잃은 남자

오르페우스는 그리스 신화에 등장하는 모든 인물들 가운데서도 가장 비극적이고 슬픈 인물이다. 제 아비를 죽이고 어머니와 결혼했다는 사실로 자신의 눈을 찌른 오이디푸스 왕의 비극은 비록 끔찍하고 고통스럽긴 하지만 그것은 완벽한 무지 때문에 발생한 대참사에 가깝다. 반면 오르페우스의 비극은 사랑과 잘못된 선택으로 초래된 것이기에 더욱 비극적이고 슬프다.

왜냐하면, 그는 단 하나의 사랑을 두 번이나 잃고 심지어 디오니소스 신의 여사제들에게 육신이 여덟 조각으로 찢겨 비참한 죽음을 맞이해야만 했기 때문이다.

유일한 사랑을 두 번이나 잃은 남자.

음악의 천재 오르페우스가 사랑하고 결혼한 에우리디케는 님
프, 요정이었다.

에우리디케는 오르페우스와 결혼하여 꿈처럼 달콤한 신혼 생
활을 보내고 있었다. 화창한 봄 햇살이 따사롭던 어느 날, 둘은 햇살
과 봄 향기를 즐기기 위해 들판으로 산책을 나섰다. 그날, 하필이면
들판에서 평소에 에우리디케를 연모하던 양치기 아리스타이오스와
맞닥뜨릴 줄이야. 추근대는 양치기, 몸서리치며 그로부터 달아나기
위해 뛰듯이 걸음을 재촉하는 에우리디케.

잔혹한 불행일수록 미리 전령을 보내 자신의 방문을 예고하지
않는 법이다.

불행은 뱀의 모습을 하고서, 그녀가 내달리는 길목에서, 그녀
의 발에 밟히기 위해, 독 이빨을 감춘 채 똬리를 틀고 있었다. 곧 이
은 사고, 우연인지 운명인지 모를 단 한 번의 접촉, 단 한 번의 물림
만으로 에우리디케를 죽음으로, 하데스의 세계로 끌어들이기 충분
했다.

사랑의 절정에서 사랑을 잃는 마음의 고통이 얼마나 클지는
우리도 충분히 상상할 수 있다. 그리고 그 상실이 단순한 부재가 아
니라 영원한 부재와 영원한 상실이라면 더더욱.

그러나 우리는 안다, 이야기의 진정한 시작이 바로 여기라는 걸.

오르페우스는 아내를 되찾기 위해 지옥, 즉 하데스까지 내려
가기로 결심하고, 스틱스강의 카론과 저승의 문지기 케르베로스, 그

리고 마침내 하데스의 왕과 왕비인 하데스와 페르세포네까지 자신의 고통과 슬픔을 담은 리라 연주로 감동시켜 아내를 지상으로 데리고 갈 수 있는, 불가능한 특권을 손에 넣는다.

"단 한 가지, 두 사람이 하데스를 완전히 벗어나 이승으로 나가는 순간까지 절대로 고개를 돌려 뒤따라오는 에우리디케를 보아서는 안 된다는 걸 명심하라!"

오르페우스는 어두컴컴한 하데스의 계곡을 지나, 구불구불하고 좁은, 이승으로 올라가는 돌계단을 하나둘 밟아 올라가고, 조금 떨어진 뒤쪽에서 에우리디케도 조심스럽고 두려운 마음으로 오르페우스를 쫓아간다. 이승으로 올라가는 계단은 끝날 것 같지 않을 듯 길어 보인다. 시간은 천천히 흐르고, 오르페우스의 불안과 초조, 의심은 점점 더 깊어만 간다. 혹시 하데스가 자기를 속인 건 아닐까? 정말 에우리디케가 뒤에서 따라오고 있을까? 죽은 자를 다시 이승으로 되돌리는 것은 필멸의 운명을 타고난 인간의 운명의 법칙을 벗어나는 것인데, 신들이 과연 진정 내게 그 법칙을 깨도록 하는 예외를 허용한 것일까? 등등.

온갖 의심과 상상의 나래가 펼쳐져 머릿속이 어지러운 가운데서도 오르페우스는 하데스 왕의 명령과 약속을 지키기 위해 결코 고개를 돌리지 않는다. 하지만 마침내 이승에서 흘러나온 빛을 보자 너무 기쁜 나머지 자기도 모르게 "에우리디케!" 하며 고개를 돌리고 만다.

그 순간, 에우리디케는 마치 연기처럼 사라진다.

∗

한 번은 통제 불가능한 사건이, 두 번째는 인간적인 실수가 오르페우스의 비극을 만든다. 오르페우스는 그렇게 두 번, 사랑을 잃는다.

오르페우스 이야기는 마치 우리에게 두 가지 명백한 사실을 다시 상기시켜 주는 것 같다.

하나의 사소한 우연으로도 인간의 삶은 쉽게 부서질 수 있다는 것. 그리고, 죽음은 그 무엇으로도, 심지어 그 어떤 숭고하고 지극한 헌신의 사랑으로도 극복할 수 없는 최종적인 한계라는 것.

∗

두 번 사랑을 잃은 오르페우스는 미쳐간다. 그렇게 두 번 사랑을 잃은 사람은 살아 있다 한들 이미 죽은 유령과 다름없다.

오르페우스의 영혼은 이미, 두 번의 상실로 인한 상처로 만신창이가 되었다.

그는 스스로를 벌주듯이, 아니 죽음을 더 빨리 재촉하듯이 어떤 여자와의 접촉도 거부하고 무분별한 소년들에게 자신의 몸을 내맡기고, 디오니소스 신을 거부하며, 결국 분노한 디오니소스의 여사제들에게 여덟 조각으로 몸이 찢기는 죽음을 맞는다.

제 16 장

_____ 멜랑콜리

몽테뉴와 라 보에티의 우정은 오늘날엔 잃어버린, 사라져 버린 아름다운 우정의 또 다른 사례로 잘 알려져 왔다.

라 보에티는 『자발적 복종』이란 책으로 근대 정치철학에 막대한 영향을 미쳤다. 이 책은 압제적인 권력에 대한 시민들의 불복종과 저항을 철학적으로 논파한 걸작이다.

그는 안타깝게도 1563년 8월, 고작 서른셋의 나이에 요절했다.

코로나가 무차별적으로 불운한 희생자를 만들어 내듯, 라 보에티도 당시 프랑스를 휩쓴 전염병의 희생자가 되고 만 것이다.

그의 고통스런 죽음을 지켜보아야만 했던 몽테뉴, 둘이 나눈 우정을 가장 내밀한 영혼의 결합으로 믿고 의지하던 몽테뉴는 벗의 그런 죽음에 커다란 충격을 받았다.

존재의 우연성, 그것의 가차 없음과 무차별성에 전율했다.

왜 내가 아니고 하필이면 그인가?

그는 그때까지만 해도 "철학은 죽음의 훈련이다."라는 스토아적 사상을 견지하고 있었다. 스토아 철학에 따르면, 모든 존재 사건들을 필연적으로 발생하는 것이었다. 삶의 전 과정은 운명이었다. 죽음이라는 익명적 사건은, 나와 너, 우리라는 각 인칭들의 죽음 이전부터 이미 존재해 왔고, 나와 너의 죽음은 그 필연성을 실현시키는 사건일 뿐이다.

때문에 스토아주의자들에게 모든 사건은 반드시 일어나게 되어 있는 사건일 뿐이며, 따라서 아무리 고통스럽고 슬픈 사건일지라도 그것이 필연적인 사건인 한, 담담하고 초연하게 받아들여야만 했다.

아파테이아apatheia—정념pathos의 고통-pathos에서 해방된, 초연한 마음의 상태. 담담하기, 초연하기. 정념, 감정들의 안달복달하는 고통에서 벗어나고자 하는 아파테이아라는 목표는 에피쿠로스주의자들이 추구한 아타락시아라는, 마음의 평정과 크게 다를 바가 없었다.

그러나 몽테뉴는 영혼의 동반자나 다름없는 친구와 영원히 결별해야만 한다는 사실에 평정도, 초연함도 유지할 수 없었다.

그는 라 보에티가 부재한 고통 속에서 허무와 절망에 사로잡혀 아무것도 할 수 없었다.

몽테뉴는 라 보에티가 죽은 후 방황과 시름의 나날을 보내다 몇 년 후에 모든 세속적인 공직을 사임하고 은거 생활에 들어간다.

둥근 탑 안에서, 자신을 성찰하며, 글을 쓰기 시작한다.

✳

사랑하는 사람과 영원히 결별해야 하는 사태 앞에서 초연할 수 있는 자는 과연 누구이며 어떤 인간일까?

인간은 기계가 아니며, 결코 기계가 될 수도 없다.

오히려 통곡하고 애통해하며 고통과 슬픔에 젖은 눈물의 홍수로 결별을 충분히 **애도**할 필요가 있다.

프로이트가 애도를 정신분석학의 중요한 대상으로 삼았던 건 그가 인간 존재에게 불가피한 파토스를 얼마나 정확히 이해했던가를 보여준다.

✳

프로이트는 애도와 우울을 명확하게 구분했다. 그는 「애도와 우울증Mourning and Melancholia」의 작업에서 애도를 세계 상실로 인한 슬픔이 초래하는 '**자아의 위축**'으로, 우울증을 자아의 위축을 넘어 자기 자신을 비난하고 처벌하려는 '**자아 처벌에 대한 망상**'으로 귀착

시킨다.

사랑하는 대상의 상실은—그것은 죽음일 수도 있고 사랑의 실패에 따른 결별일 수도 있다—얼마나 쉽게 애도에서 멜랑콜리로 미끄러져 들어가는가?

세상의 얼마나 많은 '나'들이 죽음과 원치 않는, 예기치 않은 결별로 고통받으며 병적인 우울증에 빠져 허우적대는가?

프로이트에 따르면, 애도는 사랑하는 대상의 부재라는 현실 앞에서 그 대상에 투자되었던 리비도, 즉 욕망을 철회하고 다시 자기 자신에게로 되돌리려 하는 힘겨운 노동이다. 반면, 부재의 책임을 끊임없이 자기 자신에게로 환원시키고 자신을 비난하는 멜랑콜리에서는 욕망의 회수가 불가능하다.

그는 스스로 검사가 되고 판사가 되어 자기 자신을 고문한다.

온 영혼의 내부를 샅샅이 뒤져 그 속에서 유죄의 흔적들, 숨은 범죄자를 수색하고 발굴한다. 마치 끊임없이 자신의 유죄성을 찾아 헤매는 카프카 소설의 K처럼.

나는 몇 년 전 『너무 이른 작별』이라는 번역서를 낸 적이 있다. 자살을 주제로 다룬 책인데, 책의 저자 자신이 사랑하는 이의 자살을 겪은 경험을 토대로 쓴 책이었다.

그 책에는 사랑하는 대상의 예고 없는, 느닷없는, 이유도 동기도 알 수 없는 자살로 인해 고통받는, 그래서 프로이트적 우울증의 늪에 빠진 이들의 이야기가 무수히 담겨 있었다.

동기를 알 수 없기 때문에, 영원한 부재로만 존재하는 대상에게서는 어떤 응답도 불가능하기 때문에, 좌절과 절망, 슬픔은 화살처럼 자기 자신에게로 되돌아와 스스로를 고문하고 처벌하는 무기가 된다.

죄책감과 자책으로 무너지는 영혼들.

끝나지 않는 자기 처벌의 망상.

영원히 아물지 않는 상처들.

불가능해 보이는 부재의 현실 인정.

차라리 자살로 그 모든 끔찍한 고통을 끝내 버리고픈 욕망.

이런 멜랑콜리는 병보다 더 깊은 병이다.

✳

살아남고, 계속 생을 이어가기 위해서는 불가피하게 멜랑콜리를 애도로 전환해야 하고, 충분한 애도를 겪어야만 한다.

대상의 상실을 극복하기 위해선 충분한 슬픔을 겪어야만 하고, 그 슬픔의 시련기를 통과해야만 한다.

어떤 이들은 긴 여행을 떠나고, 어떤 이들은 같은 종류의 고통을 겪은 사람들의 모임에서 '이야기'를 함으로써 위로와 치유를 얻는다.

혹은 어떤 이들은 글을 쓴다.

몽테뉴는 상실한 우정, 부재하는 라 보에티를 추억하며 나중에 『수상록』에 실릴 「우정에 대하여」란 글을 썼다.

소설가 줄리언 반스는 사랑하는 아내를 잃고 4년간의 침묵과 은둔 후에 『사랑은 그렇게 끝나지 않는다』라는 책으로 잃어버린 사랑을 회고하고 애도했다.

또 다른 소설가 조이스 캐롤 오츠는 남편과 사별한 후 멜랑콜리가 유발하는 자살 충동에 끝없이 시달리면서, 마치 그런 최악의 충동에 저항하듯 6개월간 회고록 『과부의 이야기』를 써 내려갔다.

프랑스 기호학자 롤랑 바르트는 그가 그토록 사랑했던 어머니를 영원히 잃게 된 후에 애도 일기를 쓰기 시작했다. 그의 애도 일기는 2년간 지속된다. 그는 그 기간 동안 평상시처럼 쇼핑하고, 여행하고, 벗들을 만나면서 겉으론 일상을 회복한 듯 보이지만, 라디오에서 흘러나오는 한 곡의 음악에도 금세 멜랑콜리로 빠져들고 만다. 그는 누구에게도 자신의 슬픔과 고통을 드러내지 못한다. 자칫 그런 드러냄이 자신의 슬픔을 전시하고, 극화하면서 동정심을 자아낼 걸 우려한 탓이다.

그러므로, 우리는 그런 '겉보기의 태연함'에 속아 넘어가서는 안 된다.

위장된 태연함 너머엔 멜랑콜리의 검은 늪이 있다.

상실의 고통이나 상처로 인한 절망에서 시작되는 글쓰기가 있다.

그러나 글쓰기로도 끝내 치유되지 못하는 상처들도 있다.

✳

몽테뉴는 라 보에티와 나눈 아름다운 우정에 관해 이렇게 썼다. "누군가 내게 왜 내가 그토록 라 보에티를 좋아하는지 묻는다면, 난 이렇게밖에 답할 수 없을 것 같다. 그게 바로 라 보에티니까, 그리고 그게 바로 나니까."[11]

✳

프랑스의 파리 제8구 거리에는 몽테뉴가街와 라 보에티가가 맞닿아 있다.

죽은 후에도 이어지는 아름다운 우정의 축복.

제 17 장

___ 데우스 엑스 마키나

우리는 사랑을 잃을 위기에 처할 때 혹은 사랑을 잃고 절망에 빠질 때 간절히 기도를 올린다. 효험만 있다면 그 어떤 신이라도 좋고, 파우스트 박사처럼 메피스토펠레스에게 영혼마저도 팔 기세다.

시간을 되돌릴 수 있기를, 아니면 신이 기적을 일으켜 주기를.

데우스 엑스 마키나를 써서라도, 이 파국을, 위기를 해결할 수만 있다면!

그러나 현실 속 사랑과 삶의 움직임은, 거의 해피엔딩으로 끝나는 할리우드 멜로드라마, 감상적인 감동의 눈물샘을 자극하는 일일 연속극 속의 사랑과는 사뭇 다르다.

기적을 일으키는 것은 신이다. 오직 신들만이 황소나 백조, 황금비로 변신할 수 있다. 지팡이를 뱀으로 변하게 만들고, 역병과 홍수를 일으키거나 바다를 가르고, 고래가 삼킨 요나를 산 채로 뱉어내게 하고, 죽은 자를 무덤에서 깨울 수 있다. 신은, 원하기만 한다면 인간만사와 시간의 흐름에 예기치 않은 방식으로 개입하여 불행과 대재난이든 축복이든, 그 무엇이든 인간들에게 내려보낼 수 있다.

기적은 말 그대로 초자연적인 사건의 발생이고, 신의 현현이며, 마치 칠흑처럼 캄캄한 밤하늘에 순간적으로 번쩍 출현하며 밤의 어둠을 찢는 번개와 같다. 정상적으로 흐르는 시계의 시간인 크로노스적인 시간을 갑자기 찢고 출현하는 카이로스적 시간의 도래이다.

데우스 엑스 마키나는 바로 그런 신적인 기적의 도래다.

그러나 동시에 그것은 '극적인 우발성'의 도래이기도 하다. 왜냐하면, 기적이란 예측 불가능한 돌발 사태의 발발, 예정에 없던 사건의 발발, 지금까지의 사건의 인과관계의 흐름을 일거에 무너뜨리는, 그래서 필연성을 파괴하는 사건의 도래이기 때문이다. 단지 기적은 그 규모와 가능성에서 '초자연적인 힘'을 전제하지 않고서는 상상할 수 없다는 사실에서만 평범한 우연과 구분될 뿐이다.

오르페우스가 살아있는 목숨인 채로 저승세계를 방문한다는 것, 죽은 에우리디케를 데리고 다시 이승으로 돌아갈 수 있다는 것, 그 자체가 이미 초자연적인 기적이 아니던가?

＊

데우스 엑스 마키나DEUS EX MACHINA, 이 희랍어 단어는 '기계 장치를 타고 내려오는 신'이란 뜻을 갖고 있는데 원래 고대 희랍 연극에서 사용된 연극적 장치를 가리키는 것이었다. 이 기계 장치는 말하자면 일종의 기중기 같은 것이다. 도르래의 밧줄에 바구니가 달려 있는데, 그 바구니에 사람을 태워 연극 무대 위를 오르내리도록 만든 장치다. 그리스 후기 연극 무대에서 어떤 극적인 상황에 신이 등장할 때 이 장치를 이용하곤 했다. 즉 이는 기계 장치로 천상에서 강림하는 신인 셈이다.

고대 그리스의 3대 비극작가는 아이스킬로스, 소포클레스, 그리고 에우리피데스다. 이들 가운데 가장 후대인 에우리피데스 시대의 연극에서 특히 이 장치가 자주 사용되었고, 심지어 남발되기도 하여 비판의 대상이 되기도 했다.

아리스토텔레스는 최초의 문학 비평서이자 비극 창작술에 관한 책인 『시학』에서 이렇게 썼다. "사건의 해결이 **플롯 자체로** 이루어져야지, 『메데이아』나 『일리아스』처럼 기계 장치에 의존해서는 안 된다."[12]

아리스토텔레스는 인간사에 초자연적인 힘이나 신이 개입하는 방식으로 갑작스레 극의 반전이 이루어지는 걸 반대했다. 그런 '작위적인' 해결, 극적인 우연을 드라마에 개입시키는 건 인간사의 실상과는 너무 동떨어진 것처럼 보였던 것이다. 그런 의미에서 아리스토텔레스는 고대의 리얼리스트였다고 할 수도 있을지도 모른다.

에우리피데스의 비극『메데이아』는 사랑에 배신당한 여인의 분노가 불러일으키는 비극이다. 메데이아는 사랑을 위해 모든 걸 바쳤다. 황금 양털을 찾아 모험을 떠나온 영웅 이아손과 사랑에 빠져 그가 황금 양털을 쟁취하고 귀향하도록 돕느라 아버지를 배신하고, 자신의 남동생마저 죽게 만들었다. 온갖 역경과 시련을 겪어내며 이아손과 사랑을 이루기 위해 노력했지만, 이아손은 천신만고 끝에 당도한 코린토스 왕국에서, 자기 딸과 결혼하길 원하는 코린토스 왕의 제안을 받아들여 메데이아를 배신하고 만다.

왕의 사위가 되기 위해 사랑과 의리를 저버린 이아손. 매달리고 애원하지만, 이미 그의 마음은 메데이아에게서 떠났고, 그녀는 피의 복수를 결심하고 만다. 배신감과 검은 분노의 격정에 사로잡힌 그녀는 결국 독이 묻은 아름다운 옷으로 코린토스의 공주를 속여 죽이고, 나아가 그대로 두면 코린토스인들에게 죽임을 당할 것 같은 자기 자식들마저 제 손으로 직접 죽이고 만다. 결국 이 사실을 알고 이아손이 메데이아를 죽이려고 쫓아오지만, 이 대목에서 데우스 엑스 마키나, 즉 기계 장치의 신이 등장한다. 태양신 헬리오스의 마차가 내려와 메데이아를 마차에 태워 하늘로 올라가 버리는 것이다.

데우스 엑스 마키나의 극적인 우연의 기적이 메데이아를 구원한다.

데우스 엑스 마키나는 그 후 오랜 세월이 흐르고 그리스 비극을 르네상스 식으로 개편한 오페라의 등장과 함께 다시 나타난다.

비참하고 비극적인 죽음을 맞았던 고대 그리스 신화 속의 오르페우스는 오페라 속에서 데우스 엑스 마키나의 도움으로 행복한 (?) 결말을 맞는다.

1607년에 처음으로 발표된 몬테 베르디의 오페라 「오르페오」에서다. 오늘날 오페라의 진정한 효시가 된 작품으로 인정받기도 하는 바로 그 작품.

오페라의 제5막 '트라키아 들판'에서 에우리디케를 두 번째로 잃고 비탄에 빠진 오르페우스는 절망과 슬픔 속에서 비가 「언덕도 탄식하고 돌도 울었다Voi vi doleste, o monti, e lagrimaste」를 부르고, 그 처절한 노래에 들판의 새들과 메아리의 정령들까지 응답하는 가운데 극적으로 르네상스판 데우스 엑스 마키나가 등장한다. 바로 태양의 신 아폴론이 등장하여 오르페우스를 위로하며 그를 하늘로 끌어올려 불멸의 생명을 주겠노라 선언한다. 마침내 오르페우스는 아폴론과 함께 하늘로 올라가며 오페라는 해피엔딩으로 끝난다. 마치 오늘날 할리우드 영화나 텔레비전 연속극에서 흔히 보듯이.

해피엔딩은 비극적인 결말과는 달리 위안을 준다. 현실의 냉엄한 진실을 인식하게 하기보다, 삶과 현실의 비극적 진실을 감추고, 주인공 불패라는 가짜 신화를 통해 현재 세계의 선함과 정당함을 홍보하고, 관객들에게 감정적으로 달콤한 위안을 안겨준다.

오늘날 데우스 엑스 마키나 효과가 '할리우드 엔딩'이라는 부끄러운 별명으로 언급되기도 하는 이유다.

실제 삶과 현실 속에서 벌어지는 비극적 상황은 결코 그런 손

쉬운 해결책을 허락하지 않는다.

✳

그러나 고대 에우리피데스가 데우스 엑스 마키나를 사용한 까닭은 극적인 무대 효과, 현대적인 의미에서 일종의 화려한 '특수 효과'를 노린 면도 있지만, 다른 한편으로는 인간 삶의 드라마가 가진 비극성을 보다 고양시키는 극적인 대조 효과, 즉 아이러니와 역설의 극작술이기도 했다. 『오레스테스』라는 작품에서 나타나는 데우스 엑스 마키나를 살펴보면, 현현하는 신의 낯설고 우스꽝스러운 대화를 통해 신 존재의 희극적 환상성과 실제 인간사의 근원적 비극성을 대조하는 방식으로 작품의 비극적 효과를 극대화시키려 했던 것을 알 수 있다.

존재하지 않는 신의 희극적 등장이야말로 통렬한 아이러니가 아닌가.

✳

메데이아, 오르페우스를 구원하고 행복한 결말로 이끌어주는 데우스 엑스 마키나 효과는 비참과 고통, 절망에 빠진 사람들의 간절한 소망을 반영한다.

극복할 수 없을 것 같은 고통과 실의에 빠진 이들은 기적을 바란다.

사랑을 잃은 연인은 누구나 에우리디케를 잃은 오르페우스다.

세상의 불의와 잔혹함으로 무죄한 고통과 절망에 빠진 모든 이들은, 무의미한 전쟁과 착취, 노예와도 같은 노동, 선한 마음과 진심을 배반하는 거대한 사기 행각, 힘을 가진 이들의 위선과 폭력에 무참하게 상처받고 고통받는 모든 이들은 이아손에게 배반당한 메데이아다.

사람들은 환상 속에서나마 데우스 엑스 마키나의 출현과 같은 기적이 이루어지길 갈망한다. 고통의 환상적 해결, 우리는 그것을 종교 혹은 혁명이라고 부른다.

제18장

___ 이아손

이아손은 누구인가? 그리스 신화에서 아르고호를 타고 황금 양털을 찾아 죽음을 무릅쓴 채 위험한 길을 떠났던 모험의 영웅이자 메데이아의 남편, 그리고 에우리피데스의 『메데이아』에서 자신의 오만으로 인한 과오들로 모든 것을 잃어버리게 된 비참한 추락의 운명에 처하는 남자.

이아손은 메데이아의 도움이 없었다면 결코 황금 양털을 손에 넣지 못했다.

메데이아는 이아손에 대한 사랑으로 불 뿜는 황소들의 입김을 막아주었고,

황금 양털을 지키는 백 개의 눈을 가진 용이 잠들게 해주었고,

이아손에게 맞서는 적들이 서로 자기들과 싸우게 마법을 걸어주었고,

황금 양털을 도둑맞은 콜키스의 왕이자 메데이아의 아버지인 아이에테스가 아버지를 배신한 그녀와 이아손을 추격하자 함께 도망치던 오빠를 죽음으로 몰아넣기까지 하면서 이아손이 겨우 콜키스를 무사히 탈출할 수 있게 도와주었으며,

황금 양털의 약속을 배반한 펠리아스 왕에 마법을 써서 그가 끔찍한 죽음을 맞도록 복수를 도왔으며,

이아손과 결혼한 후 사랑스런 자식들까지 낳아주었다.

그러나 이아손은 망명지 코린토스 왕의 달콤한 약속, 왕의 사위가 되게 해주겠다는 유혹에 빠져 메데이아를 배반하고 만다.

메데이아는 분노와 탄식으로 절규한다. "오오 맹세들이여! 가장 큰 약속인 오른손의 악수여!"

의리와 맹세, 명예를 저버린 이아손은 메데이아의 분노에 올라탄 복수의 여신, 네메시스의 처참한 천벌을 받는다. 그를 사위로 삼으려던 왕이 죽고, 그의 아내가 되기로 했던 공주도, 그가 사랑하는 자식들도 모두 죽는다.

그에게 남은 것은 지옥 같은 후회와 파멸밖에 없다.

＊

고대 그리스인들은 그들이 '**히브리스**hybris'라고 부른, 인간의 오만을 가장 경계했다. 수많은 신들과 신들이 인간에게 가져다주는 불행한 운명, 네메시스의 복수를 두려워했던 그들에게 그 단어는 단순한 오만 그 이상의 뜻을 내포했다.

히브리스는 인간의 오만으로 인한 신성모독, 불경을 뜻한다.

고대 그리스인은 유한하고 필멸하는 존재인 인간, 스스로 '그림자' 같은 존재라고 인식했던 인간이 신적인 영역에 도전할 때, 그것이야말로 가장 큰 히브리스에 해당되는 과오라고 생각했다.

무엇보다도, 각 인간의 '분수'에 넘치는 행운조차도, 인간을 히브리스로 이끌어 네메시스의 무서운 징벌을 받게 하려는 함정, 덫으로 인식했다.

그들은 행운을 관장하는 티케 여신이 마치 복수와 징벌의 신인 네메시스 여신과 자매지간인 듯이, 늘 붙어 다니는 한 쌍으로 인식했다.

"우연히 주어지는 모든 행운"에는 어딘가 위험하고 음험한 파멸의 그림자가 어른거린다.

이아손은 분노하며 따지는 메데이아에게 말한다. "추방자인 나에게 왕녀와 결혼하게 되는 것보다 더 큰 **횡재**가 어디 있겠소?"

그는 가족을 위해서, 망명지에서 고생하는 자식들을 더 잘 양육하기 위해서라고 변명하지만, 실은 그 스스로 밝혔듯 뜻하지 않은 횡재에 눈이 멀었을 따름이다. 어쩌면, 이아손은 그런 명예가 황금 양털을 찾는 모험을 성공한 영웅인 자신에게 걸맞은 명예라고 착각했는지도 모른다.

✳

만족을 모르는 자들. 로마의 시인이자 철학자인 루크레티우스는 『사물의 본성에 관하여De Rerum Natura』라는 아름다운 책에서 이렇게 쓴다.

"그대는 항상 없는 것을 그리워하고, 있는 것들은 무시하니, 삶은 그대에게 완전치 못한 것으로, 즐기지 못한 것으로 지나가고, 죽음은 예기치 않게 그대 머리맡에 다가선다.(제3권 957-9)"[13]

✳

히브리스는 인간의 눈을 멀게 하고, 사고를 멈추게 하고, 히브리스가 초래하는 과오를 무시하게 만들고, 네메시스 여신의 무서운 날갯짓을 떠올리지 못하게 만든다.

오이디푸스 왕이 바로 그런 과정을 겪게 된다. 아비를 죽이고 어미와 결혼한 패륜 범죄의 당사자였건만, 그 사실을 아는 신하들이 멈추길 탄원할 때도 멈추지 못하고 자신의 지식과 앎의 의지를 끝까지 밀어붙인 끝에, 그는 세상에서 가장 무서운 진실에 직면하고 스스로 제 눈을 찔러야만 했다.

과오라는 뜻의 단어 '하마르티아hamartia'는 '과녁을 잘못 맞히다.', '화살을 잘못 겨누다.'라는 뜻에서 유래한 단어로, 인간의 과실, 과오, 잘못, 죄악을 뜻한다.

아이스킬로스, 소포클레스, 에우리피데스와 같은 위대한 그리스 비극 작가들이 다룬 문학 주제가 바로 히브리스와 하마르티아의 짝이었다. 그리고 그것들이 초래하는 네메시스의 복수와 징벌.

*

히브리스는 하마르티아를 낳고, 하마르티아는 반드시 네메시스를 불러들인다.

이것이 고대 그리스인들의 가장 근원적인 윤리적 관념이었다.

물론, 그들은 인간의 삶이 반드시 그런 인과응보의 법칙을 따른다고 순진하게 믿지는 않았다.

그들은 신들이 질투가 많고 변덕이 심하며, 우연과 행운이 거의 네메시스 여신과 짝을 이루어 우리에게 유혹과 히브리스를, 무서운 파멸의 덫을 놓기를 좋아한다는 사실도 결코 잊지 않았다.

*

히브리스를 낳는 생각의 원동력은 오해와 착각이다. 우연하게 주어진 행운을 자신의 능력으로 오해하고 착각하는 것, 분수에 넘치는 탐욕에 빠지는 것, 필멸하는 인간이 가장 쉽게 빠져드는 함정인 그것.

근대 휴머니즘과 그 이념이 만들어 낸 자본주의 근대 사회의 경과에서 우리는 그런 히브리스를, 착각으로 인한 오만의 나쁜 결과들을 본다.

근대 휴머니즘은 신을 추방한 자리에 인간 자신을 신의 자리에 올려놓았다.

지구-가이아를, 동물과 식물, 강과 숲, 나무, 바위와 깊은 땅속에 묻혀 잠들어 휴식을 취하던 고대 동식물들의 죽음을, 인간 자신을 제외한 지구-가이아의 모든 것들을 인간의 이익과 풍요를 위해 먹거리와 돈으로 교환했다.

생명의 진화가 펼쳐온 나뭇가지에서 스스로를 가장 높은 최고 목적의 정점에 올려놓고 모든 존재자들을 수직적 위계질서 속에 편입시켰다.

나무뿌리가 썩어가고, 다른 가지들이 마구 베어지고, 잎들은 떨어져 나가 생명의 나무 자체가 존망의 위기에 처할 때, 그 나무의 한 가지에 불과한 인간종은 어떻게 살아남을 수 있을까?

인간종은 가이아 - 메데이아를 배반한 이아손이 아닐까?

자신을 낳고 길러준 메데이아인 지구, 가이아 여신을 배반한 이아손.

✳

오늘날 유행하는 인류세Anthropocene라는 단어는 자칫 오해를
불러일으킬 수 있다. 만들어진 지 얼마 되지 않은 이 단어는, 마치
인류가 지구의 정복자이자 지배자라는 사실을 자랑스럽게 선언하
는 듯한 뉘앙스를 풍길 수도 있기 때문이다.

마치 인간이 황금 양털을 찾은 영웅 이아손이라도 되는 듯이,
지구를 정복하고 지구가 고이 간직하며 보존하고 있던 황금 양털,
즉 생명의 그물망 자체를 쟁취한 승리의 기념비로 착각할 수 있기
때문이다.

그러나 그 단어는, 인간종의 힘의 크기를, 마치 철부지 소년이
장난감을 가지고 놀 듯할 정도로 비대해진 힘을 지시함과 동시에
인류가 초래한 지구적 재난이라는 과오, 하마르티아 상태를 지시하
는 개념이다.

인류세는 인간의 히브리스로 인해 인간 자신을 포함해 거대한
멸종의 위험에 직면한 과오와 범죄 상태를 가리키는 말이다. 날로
격화되는 지구 온난화, 뭇 생명종들의 대량 멸종, 야생 서식지를 침
범한 대가로 치르고 있는 코로나라는 대재난catastrophe.

진정, 코로나는, 가이아 여신이 보낸 네메시스의 저주일까.

"스스로가 죽어야 할 존재라는 사실을 잊을 때 인간은 위대
한 일을 할 수 있는 듯이 느끼며 때로 그것에 성공하기도 한다. 무분
별의 결과인 그 망각은 그와 동시에 그의 불행의 원인이기도 하다.

「필멸의 존재여, 필멸의 존재로서 생각하라.」 고대 사람들은 **비극적**인 **겸손**을 고안해 냈다."[14]

에밀 시오랑의 말이다.

제 19 장

____ 그림자의 그림자

약 6500만 년 전, 우주로부터 지름 약 10km의 소행성이 느닷없이 출현하여 지구를 향해 돌진했고, 그것은 현재 유카탄반도 근처의 바다와 충돌했다.

수억 년간 지구 행성을 지배하던 공룡들이 그 불운한 충격의 여파로 멸종하고 말았다.

우연한 소행성의 충돌로 인한 공룡의 멸종 덕에, 쥐라기 내내 숨죽이며 지내던 포유류의 조상은 기지개를 펴고, 독자적인 포유류 진화의 길을 열 수 있었다. 공룡들이나 파충류들에게 잡아먹히지 않기 위해 쥐처럼 작은 몸집에 밤에만 겨우 먹이를 찾으러 동굴 밖으로 나올 수 있었던 최초의 포유류 조상들.

공룡은 대략 2억 5100만 년 전부터 6600만 년 전까지 지속된 중생대 시기, 트라이아스기 후기에 출현하여 백악기 후기까지, 약 2억 년 가까이 지구에 존재했다.

최초의 직립보행 호모 종인 호모 에렉투스가 출현한 것은 약 150만 년 전이다.

호모 사피엔스의 출현은 고작 수십만 년 전.

지구, 가이아는 약 46억 년 전에 탄생했고, 최초의 생명은 약 30억 년 전에 시작되었다.

생명 진화의 역사에는 정해진 목적지가 없다. 자연선택은 **우연한 돌연변이**와 환경 적응 사이의 상관관계 속에서 이루어진다. 가이아 자연은 대규모 멸종을 낳는 대재난들과 우연의 힘을 사용하여 자신의 생명 창조력 발휘한다.

지구의 시간, 생명의 시간, 그 거대한 시간의 깊이와 두께 속에서 호모 사피엔스의 역사는 사과의 표면을 감싸고 있는 얇은 껍질 부분처럼 너무나 짧다.

우리, 살아 숨 쉬는 각자의 생은, 100년도 채 되지 못하고.

고대 그리스인들은 인간 존재를 일컬어 '그림자의 그림자' 같은 존재라고 불렀다. 그림자의 그림자가 전 지구를 매연처럼 뒤덮고 있는 시대, 이 시대를 우리는 인류세라고 부른다.

＊

미국의 시인 로빈슨 제퍼스는 1914년, 당시엔 황량하기 짝이 없던 미국 서부 캘리포니아 몬터레이 근처 카멜이란 마을에 정착한 후, 그곳에서 1962년 사망할 때까지 평생을 살았다.

그의 부인 우나 콜 커스터와 함께, 그들은 바다를 마주한 절벽 위의 땅에 바위로 된 집을 짓기 시작했다. 집엔 전기도, 전화도 들이지 않았다.

그는 오전에는 글을 쓰거나 책을 읽고 오후에는 화강암으로 집을 짓거나 돌탑을 쌓았고, 저녁엔 가족과 산책을 하거나 가족에게 책을 읽어주면서 밤을 보냈다. 집 주변엔 긴 세월에 걸쳐 유칼립투스와 몬터레이 소나무, 사이프러스 등 약 2000그루의 나무를 심었다.

그의 가족은 한편으론 가장 인간적이고, 다른 한편으론 가장 비인간주의적으로 살았다.

로빈슨은 1948년에 발표한 시집『양날도끼와 다른 시들The double axe and other poems』의 서문에서 '비인간주의Inhumanism'라는 새로운 사고를 요구했다.

비인간주의는 근대 인간을 중심으로 나머지 세계를 줄 세우고자 하는 근대 인간의 본위주의 이념인 휴머니즘을 극복하여, 자연, 혹은 지구 - 가이아 중심주의로 사고를 대전환해야 한다는 요구를 담고 있다.

그에 따르면 "인간은 근본적으로 비인간이다Man is basically inhuman."

로빈슨은 비인간주의가 인간에서 비인간 존재들로 중요성과 강조점을 변화시키는 것이며, 그것이야말로 객관적 진실과 인간적 가치에 부합하는 것이라고 말했다.

그는 당시 세상을 지배하던 진보의 관념을 믿지 않았다.

그는 문명에 환멸을 느꼈고, 인간의 탐욕과 오만, 잔혹성이 극단에 이른 파멸적인 시대에 살고 있다고 느꼈다.

인류는, 무수한 지구 생명체들 가운데 하나의 종에 불과하며, 우연히, 생명의 그물망의 무구한 시간 속에서, 짧은 한 시대의 특정한 범위 동안에만 우월한 위치를 점하고 있을 뿐이다.

범신론자인 그는 모든 사물 속에 깃든 성스러운 아름다움을 예찬하고, 인간 역시 그 모든 비인간 존재들과 마찬가지로 동등한 비인간 존재들 가운데 하나일 뿐임을 노래한다.

그는 「대답The Answer」이란 시에서 이렇게 쓴다.

가장 위대한 아름다움은
유기적 전체성, 생명과 사물의 전체성이며,
우주의 신성한 아름다움이다. 그것으로부터 분리된 인간이 아니라.
신성한 아름다움을 사랑하라.

지구 - 가이아는 확장된 나의 자아, 나의 몸이다. 내 몸을 이루는 살과 뼈, 피, 기관, 폐를 드나드는 공기들, 이 모든 성분들이 가이아가 내어준 것들이다.

닭, 돼지, 소, 벼와 배추, 콩, 고추, 상추, 오이, 시금치, 아스파라거스, 이 모두가 바로 내 몸이다. 내가 쓰고 있는 안경, 컴퓨터, 커피포트, 책상, 꽃병, 이 모든 것이 가이아에게서 빌려온 것들이다.

가이아가 거대한 대양이라면, 우리는 그 넘실거리고, 반짝이는, 푸른 대양이 해변 바위에 와서 부딪칠 때 잠깐 철썩이다 스러지는 파도의 작은 물방울들이다.

혹은 햇살 아래서 증발하는, 이른 새벽 풀잎에 맺히는 이슬방울들이다.

이 모든 아름다움, 이 모든 경이, 우리는 내 몸을 사랑하듯이 가이아를, 생명들을 사랑한다.

우리를 낳고 길러준 어머니를 사랑하듯 가이아를 사랑한다.

생명의 신성한 그물망 가운데서 우리는 무한한 생명 사건들이 우연히 횡단하고 교차하는 과정 가운데 잠깐 나타났지만, 또한 언젠가는 역시 그런 방식으로 사라져 갈 것이다.

덧없는, 시름 많은, 고뇌하는 존재들. 신들이 세상에 이토록 많은 불행과 슬픔을 내려주는 까닭은, 서로 더 많이 사랑하도록 하기 위한 것이 아니었을까.

＊

약 7만 5000년 전, 인도네시아 수마트라섬에 있는 토바 화산
이 대폭발을 일으켰다. 고인류학자들은, 그 거대했던 화산 폭발은
하마터면 인류를 멸종시킬 뻔한 사태였고, 그것이 초래한 재앙에서
살아남은 인류의 조상은 고작 1만여 명 남짓이었다고 전한다.

토바 화산의 대재난에서 살아남은 운 좋은 1만여 명의 호모
사피엔스들이 있었다.

제 20 장

___ 야이누 이야기

지금은 사라져 버린 남미 잉카제국의 후손들, 지금의 페루 안데스산맥 주변의 원주민들에겐 지금도 이런 이야기가 전해져 온다.

아직 **시간**이라는 개념조차 없던, 그저 존재하는 것만으로도 충분히 행복했던 시절이 있었다. 이윽고 오랫동안 수많은 나무와 과실을 여물게 한 후, 대지의 비옥한 배에서 태초의 사람이 탄생했다.

사람은 태어나자마자 이 땅을 '어머니 대지'라고 불렀다.

자기가 태어나고 자라는 걸 지켜본 태양을 보고는 '아버지 태양'으로,

달을 보고는 달이 대지의 여동생임을 알아 '어머니 달'이라고

불렀으며,

노래를 부르듯 은은한 시선을 지닌 별들은 '자매 별'이라 불렀다.

사람은 동물들을 형제처럼 생각했고, 자기들을 '피조물의 왕'이라고 부르지 않았다. 그리고 동물들에게 가졌던 애정과 마찬가지로 식물들도 자매처럼 여겼다.

콘도르와 뱀과 퓨마, 새와 물고기, 코카와 담배 역시 예외 없이 형제들이었다.

심지어 사람은 동물과 식물에게서 위대한 성품을 발견하기도 하여 사원을 세워 그들을 기리며 우러러보았다.

콘도르는 하늘을 높이 날아 인간이 다다를 수 없는 높은 산봉우리에도 오를 수 있었기에 존경을 받았다. 뱀은 날개 없이도 공중에서 회전하는 새를 잡아먹을 수 있었기에, 퓨마는 강한 힘과 용기가 있기에 존경을 받았다.

동물과 식물은 형제였기에, 그들이 나쁘다고 생각하는 것은 하나도 없었다. 사람은 그저 사람에 불과할 뿐이었다.

사람이 나타난 후 시간이란 것이 흐르기 시작하자, 어느 날, 먼 바다 건너에서 낯선 이방인들이 그곳에 도착했다.

이방인들은 뱀은 사악하며, 돼지는 더럽고, 까마귀는 불길하며, 고양이와 제라늄은 악마적인 힘이 있다고 말해주었다. 그리고 어린 양은 성스럽고, 비둘기는 착하다고 말해주었다.

태초부터 이곳에 살던 사람들은 입을 다물고 묵묵히 이방인의 말을 들었다.

그들은 왜 이방인들이 형제자매들에게 그토록 이상한 구분을 둘까 의아하게 생각했다. 이방인들은 옛날에 대지가 물에 뒤덮여 파괴되었던 적이 있었지만, 다행히 한 사람이 그의 가족과 함께 목숨을 건졌다는 이야기도 했다.

그러면서 이방인들은 시간의 흐름을 정확하게 재기 시작했고, 대지에 경계선을 설정하여 어머니 대지의 주인이 되었고, 조상들이 오랫동안 애써 가꾸어 온 모든 것을 총과 곡괭이로 파괴해 버렸다.

태초의 사람들은 증오를 배웠고, 마음속에 증오가 점점 더 커져갔다.

오랜 세월이 흐른 후, 태초의 마을은 커다란 도시로 변했다. 주인과 노예가 생겼고, 도시는 호전적인 경쟁으로 어둡게 물들었다.

어느 태초의 한 청년이 이방인들이 가져온 역사책을 보게 되었다. 그 책은 전쟁, 정복, 기념비, 의정서나 협정 같은 단어들과 죽음과 파괴 같은 내용들로 가득 차 있었다. 인간의 모든 역사는 "평화를 원하거든 전쟁을 준비하라Si vis pacem para bellum"라는 내용으로 쓰여 있었다.

그는 두렵고 실망하여 황급히 도시를 빠져나오면서 외쳤다.

"도대체 왜 그러는 거지?"

그는 있는 힘을 다해 소리쳤다.

"도대체 왜 그러는 거지!"

그러자 대지에는 인간을 나무라는 듯한 메아리가 울려 퍼졌다.

아무도 거기에 대답해 줄 수 없었다. 모든 사람들 역시 "왜 그러는 거지!" 하며 똑같은 질문을 던지고 있었기 때문이다.

＊

야이누Yainu란 말은 고대 잉카 제국의 케추아어로, '위대함'과 '풍요'를 일컫는 말이다. 신화적으로는 바다 건너에서 와 원주민들의 삶의 원칙들을 바꾸고 파괴하는 이방인들을 피해 깊은 산속에 숨어든 부락을 가리키는 말이기도 하고, 또는 유럽인들이 말하는 엘도라도, 즉 잃어버린 파라다이스를 일 컫는 말이기도 하다.

원주민들은 야이누 세계가 다시 돌아오면 위험과 불의로 가득 찬 세상이 다시 태초의 옛날처럼 정돈되고 아름답게 변하게 될 것이라고 믿었다.

＊

찬란했던 잉카 문명, 아직 태초의 무구함을 간직하고 있던 그 문명은 1532년, 고작 168명의 어중이떠중이 병사들을 이끌고 나타난, 평생 문맹이었던 스페인 침략자 프란시스코 피사로에게 어이없게 정복당하고 만다.

1541년, 피사로는 그가 건설한 도시 리마에서 그와 반목했던 동료의 자식에게 잔혹하게 살해당했다.

제 21 장

____ 네메시스

인간의 오만, 히브리스는 결국 과오, 하마르티아를 낳고, 그로 인해 인간은 네메시스 여신의 무서운 형벌을 받는다.

네메시스 여신은 제우스의 딸 혹은 밤의 신 닉스의 딸로 언급되는 복수의 여신이자 가혹한 형벌의 여신이다.

동시에 그녀는 인과응보의 순리, 정의를 구현하는 여신이기도 하다.

우연의 무차별성에 맞서는 정의와 도덕적 선의 상징인 여신.

그녀의 또 다른 이름은 '피할 수 없는 여인'이라는 뜻을 가진 '아드라스테이아Adrasteia'이다. 그녀는 한 손에는 사과나무 가지를,

다른 한 손에는 물레바퀴를 들고 있다. 불교의 법륜이 인연의 법칙을 상징하듯, 운명의 여신 포르투나가 수레바퀴를 돌리듯, 그녀는 피할 수 없는 인과응보와 정의를 상징한다.

그러나 간과하면 안 될 사실이, 네메시스의 정의는 인간의 정의의 법이 아니라 신들의 정의의 법이라는 것이다. 네메시스가 보기에 인간이 지나치게 많은 복을 누리거나 그 복으로 히브리스에 빠질 때, 네메시스의 분노를 피해갈 수 없다.

히브리스는, 신들에게 인간이 범할 수 있는 가장 큰 죄에 속한다.

왜냐하면, 그것은 필멸의 존재인 인간들이 신들의 영역을 감히 넘보는 경계 침범의 죄에 해당하기 때문이다.

네메시스 여신의 두드러진 특징은 질투다. 로마인들은 그녀의 이름을 '인비디아Invidia(질투)'와 '리발리타스Rivalitas(질투하는 경쟁)'라고 부르기도 했다.

일설에는 네메시스 여신 곁에는 늘 아이도스 여신, 염치와 분수를 관장하는 여신이 따라 다닌다고도 한다.

염치를 안다는 것, 분수와 체면을 알고 부끄러움을 안다는 것, 그것이 인간의 기본적인 예의이기도 하다는 걸, 우린 자주 잊는다.

✳

무엇보다 네메시스 여신이 행운과 우연을 관장하는 티케 여신과 대응을 이루는 신이라 걸 잊어선 안 된다. 그녀들이 자매인지 아 닌지는 확실하지 않다. 그러나 네메시스 여신은 티케 여신이 베푸는 행운이 어떻게 사용되는지, 인간들이 그 행운을 누릴 자격이 있는 지, 과도한 행운으로 히브리스에 빠져 있지 않는지를 늘 주시한다.

고대 아테네 도자기엔 티케와 네메시스 여신이 나란히 서 있 고, 네메시스 여신이 누군가를 가리키듯 손을 뻗고 있는 모습의 그 림이 그려져 있다.

티케 여신은 베풀고, 네메시스 여신은 베푼 이상을 빼앗는다.

우연하게 주어지는 행운을 능력이나 실력의 당연한 보상으로 착 각할 때, 그러한 히브리스, 오만과 자만에 네메시스는 가차 없이 분노 의 검을 뽑아 든다.

✳

나르키소스는 자신을 사랑하는 모든 이들의 사랑 고백을 매몰 차게 거절하고 박대하기까지 한 탓에, 네메시스 여신의 분노를 사 샘물에 비친 자기 모습에 반하여 빠져 죽는다. (천부적 미모야말로 우연한 행운의 선물 아니던가!)

사모스의 군주 폴리크라테스는 어느 날 문득 자신의 과분한 행복이 신의 분노를 사지 않을까 두려워졌다. 전쟁의 연이은 승리, 왕국의 풍요, 자신의 평화, 그 모든 것이.

그는 그런 걱정에 자신이 가장 아끼던 반지를 제물로 던졌는

데, 어느 날 어부가 물고기 뱃속에서 발견했다며 그 반지를 되돌려 준다. 그에게는 그것이 네메시스의 분노의 징표로 읽혔다. 자신의 제물을 거부한. 그는 결국 반란의 제물이 되고 만다.

✳

오늘날 영어 단어로 쓰일 때 네메시스Nemesis는 '이길 수 없는 적, 숙적'을 가리키기도 한다.

그릇된 자신만의 상상과 관념과 대항해 싸우다 자신의 삶을 파괴해 버린 남자가 있다.

미국의 소설가 필립 로스는 자신의 마지막 작품으로『네메시스』라는 소설을 남겼다. 무대는 제2차 세계대전이 한창이던 미국 뉴욕, 뉴어크라는 유대인 동네. 갑자기, 1916년에 미국을 휩쓸었던 폴리오 바이러스가 다시 뉴욕에 출현한다. 폴리오polio는 급성 회백 척수염을 일으키는데, 폴리오에 걸리면 불구가 되거나 심하면 죽기도 한다. 감염 경로도 알려지지 않았고, 백신조차 없었다. 미국의 대통령 루스벨트도 폴리오의 희생자였다.

폴리오로 희생자가 늘면서 서로 간에 불신과 증오가 생기고, 보균자로 판명난 이들은 수난을 당한다. 저주의 대상이 된다.

스물세 살의 청년 버키 캔터. 그는 뉴어크 동네 아이들의 체육 교사이자 놀이터 감독으로 책임감 있고 자상하게 아이들을 돌보며 지킨다. 그는 다른 친구들처럼 전쟁에 참가하고 싶었지만, 나쁜 시력 때문에 불가능했다. 그에겐 아이들을 폴리오로부터 지키는 것, 아이들을 잘 보살피는 것이 전쟁에 참가하지 못한 것에 대한 속죄 의식 같은 것이었다.

어느 날, 학교 놀이터에서 아이들을 지켜보던 사이, 근처 고등학교에 다니는 이탈리아 아이들이 놀이터로 들어오는 걸 막으려다가 시비가 붙고, 이탈리아 학생들이 사방에 침을 뱉어버리고 떠난 사건이 일어난다.

그 사건으로 버키 캔터는 아이들 사이에서 영웅이 되지만, 폴리오는 점차 더 세력을 확장하여 그가 돌보던 아이들에게까지 침투해 들어오고야 만다. 온갖 흉흉한 소문이 퍼지고, 사람들은 속수무책이었고, 마침내 그의 여자친구 마샤는 안전하다고 여겨지는 여름 캠프로 그를 부른다. 그는 물론 아이들을 지켜야 한다며 완강하게 거부하지만, 결국 그 제안을 수락하지 않을 수 없게 된다.

거기서, 버키 캔터의 불행이 시작된다.

그가 있던 여름 캠프에서도 감염자가 발생하고, 혹시나 싶어 실시한 검사에서 그 역시 감염되었고, 폴리오 보균자로 밝혀진다.

버키는 아이들을 감염시킨 게 자기라는 생각에 절망과 고통에 빠진다. 그의 삶은 나락으로, 끝없는 죄책감의 지옥으로 굴러떨어지기 시작한다.

그는 결국 겨우 살아남지만 불구자가 되고, 이후 그는 유대인답게, 신의 불의, 무죄한 아이들에게까지 그런 무자비한 고통을 퍼붓는 신에 대한 원망과 분노, 반항, 그리고 그런 반항심에서 비롯된 자기파괴 충동에 시달리며 자신의 삶을 파멸로 몰아간다.

그는 불구가 된 자신을 여전히 사랑하며 자신과 결혼하길 애원하는 애인 마샤마저 뿌리치고, 고독하고 불행한 삶을 끌고 가야만 한다. 청혼의 거부, 마샤에게 자유를 주는 것이 자신의 의무라고 믿으면서.

✳

누구보다 책임감이 강하고 양심적이었으며, 스토아주의자처럼 엄격한 선을 추구하는 도덕적 신념이 확고하면서 자신들의 신, 하느님을 믿었던 유대인 버키 캔터는 신의 선함을 의심하기 시작한다. 만일 하느님이 아니었다면, 하느님의 **본성**이 달랐다면, 상황도 **달랐을** 것이다. "애초에 하느님이 왜 폴리오를 만들었는지도 몰라. 하느님이 뭘 증명하려는 걸까? 지상의 우리에게 다리를 저는 사람들이 필요하다는 거?"[15]

✳

버키 캔터는 이 시대의 욥이다. 무죄한 자 욥, 신조차도 그의 무죄를 인정했던 인간. 그러나 욥은 재산과 자식들을 잃고, 몸에 끔찍한 부스럼까지 나 뼈와 살이 문드러지는 고통에 처하자, 의로운 신에 탄원하며 신을 인간의 법정에 세운다.

욥은 울부짖고, 자신의 탄생을 저주하고, 인간을 만든 신의 의도를 묻는다.

"사람이 무엇이건대 당신께서는 그를 이토록 대단하게 여기십니까? 어찌하여 그에게 신경을 쓰십니까? 어찌하여 아침마다 그를 찾으시고 잠시도 쉬지 않고 그에게 시련을 주십니까?"[16]

그러나 욥의 신은, 욥의 질문에 대한 대답 대신 이 세상을 창조한 주인이 바로 자신이라는 권능만을 주장하고, 신의 무한 권력 앞에 욥은 굴복하고 만다. 마치 신에게 인간을 만든 이유와 고통을 끝없이 내리는 이유를 묻는 것조차 죄라는 듯이.

✳

그러나 욥이 최초로 제기했던 최고의 신학적 수수께끼를 부여안은 20세기의 버키 캔티는 욥보다 한 걸음 더 나아간다. 그는 세상의 모든 고통에 대한 **책임**이 이런 세상을 만든 바로 그 신에게 있다고 믿는다. 이런 사악한 세상을 선한 신이 만들었을 리가 없다.

✳

버키 캔티는 단순히 **우연**이 빚어낸 불운한 사고, 하나의 불운한 비극에 **필연성**을 부여했다. 남는 건 끊임없이 그 필연성의 원인과 이유를 따지는 것, 범인을 추궁하는 것밖에 없다.

✽

"두려움은 우리를 나약하게 만들어. 두려움은 우리를 타락시켜. 두려움을 줄이는 것, 그게 자네의 일이고, 내 일이야." 그의 여자친구의 아버지 스타인버그 박사의 말이다.

두려움이야말로, 인간이 인간 자신에게 내리는 네메시스일 수도 있다. 인간의 나약함, 두려움과 공포에 지기 쉽고, 그것을 쉽게 타인에게나 자신에게 들씌우기 쉬운 인간의 본성, 그것이야말로 인간이 벗어날 수 없는, 이길 수 없는 네메시스, 숙적일지도 모른다. 버키 캔티의 무익한 죄책감 역시.

✽

소설 속에서, 주인공 버키 캔티처럼 폴리오의 희생자가 된 또다른 유대인, 포머런츠는 천재라는 말을 정도로 똑똑했지만, 그 역시 기형이 되어버린 불구의 고통과 버키 캔티가 그랬듯, 신에 대한 분노와 원망으로 결국 의대에 진학한 첫해에 자살을 하고 만다.

반면, 폴리오에 대해 전혀 다른 관점으로 접근한 누군가가 있다.

버키 캔티의 학생이었던, 아놀드.

그 역시 폴리오의 희생자였다.

그러나 그는 무신론자였다.

그는 과거 선생이었던 버키와 대화를 나누면서 버키의 어처구니없는 죄책감과 신에 대한 반감을 보며 생각한다. "어리석은 오만, 의지나 욕망의 오만이 아니라 환상적이고 유치하고 종교적인 해석의 오만."

그는 자신의 불운을 있는 그대로 우연이 빚은 불운, 비극적 사고였을 뿐이라고 받아들인다. 그는 폴리오의 희생자였지만, 거기에 굴복하지 않고, 휠체어와 목발, 지팡이에 의지한 채 삶을 개척해 나간다. 그는 휠체어 접근이 용이하도록 건물을 개조하는 전문 건축회사를 차려 성공하고, 사랑하는 사람과 단란한 가정을 꾸리기도 했다.

그는 생각한다.

"사람의 운은 좋아지기도 하고 나빠지기도 한다. 누구의 인생이든 우연이며, 수태부터 시작하여 우연 ―예기치 않은 것의 압제― 이 전부다. 나는 캔터 선생님이 자신이 하느님이라 부르던 존재를 비난했을 때 그가 정말로 비난하고 싶었던 것은 바로 **우연**이라고 생각한다."

✳

우연이 던지는 올가미에 목이 걸린 채, 그 올가미를 스스로 더욱 칭칭 동여 조이면서, 스스로 불행에 불행을 마치 운명이나 필연인 듯이 자꾸만 쌓아올리는 인간의 어리석음과 나약함.

이 또한 자신의 어리석음을 과시하며 스스로 네메시스의 역할을 한다는 점에서 또 다른 형태의 오만, 히브리스가 아닐까.

＊

필립 로스가 생의 마지막에 남긴 이 폴리오 이야기는 지금 지구촌을 혼란에 빠뜨린 코로나 바이러스를 예견한 우화처럼 보인다.

우연히, 타인에게서 옮겨온 바이러스에 감염된 환자가 자신도 모르는 사이에 사랑하는 가족들에게 바이러스를 감염시키고, 가족 중 누군가가 죽음으로 희생된다. 그러나 타인들은 그를 범죄자 취급하고, 그는 끝없는 죄책감에 시달리며 고통받는다.

그 역시, 한 명의 불운한 희생자일 뿐인데도.

제 22 장

____ 오우무아무아에게 행운을!

2017년 10월, 갑자기 우리 태양계에 낯선 여행자가 방문해서 전 세계 천문학계를 떠들썩하게 만들었다. 그것은 태양계에서 관측된 최초의 성간 천체, 즉 인터스텔라interstella 천체였다.

마치 기다란 시가 담배처럼 생긴, 길이가 약 80미터 정도 되는 기묘한 물체는 혜성이냐 성간 천체냐, 나아가서는 외계 문명이 보낸 인공 탐사선이냐 등을 둘러싼 흥미진진한 논란을 불러일으켰다.

천문학자들은 그 낯선 방문자에게 하와이 원주민 단어에서 빌린 이름을 붙여주었다.

'오우무아무아'Oumuamua. '먼 곳에서 온 메신저'라는 뜻이다.

오우무아무아는 태양에 접근했을 때 갑자기 가속도를 내어 질주했고, 결국 태양과 수성 사이를 지나 태양계에서 멀어져 갔다.

이 우주 방랑자는 어디서 왔을까? 학자들은 최소 수십만 년에서 4억 년 전쯤, 다른 천체와 충돌한 어느 행성에서 떨어져 나와 이후 지금까지 고독하게 우주를 방랑하고 있다고 했다.

"그게 지구와 충돌하지 않은 게 얼마나 다행이야! 그랬으면, 우린 공룡들처럼 지구에서 사라질 뻔했지. 사피엔스, 오우무아무아와 충돌하여 멸종하다!"

평소 우주 외계 문명의 존재에 관심이 많은 친구가 말했다.

"그럼 뭐, 그렇게 가는 거지."

내가 어깨를 으쓱하며 말했다.

그러나 그는 여전히 오우무아무아가 외계 문명이 만든 인공물이라고 믿고 있는 듯했다. 하버드 대학교의 어느 천문학자가 그렇듯.

"그게 진짜 외계인의 것이라면, 그 문명은 인류보다 훨씬 고도로 발달한 문명이겠네?"

"당연하지. 저 광막한 우주에 여기 지구에만 문명이 있을 거란 편견을 버려."

나는 고개를 끄덕였다. 그리곤 말했다.

"오우무아무아는 외로울 것 같아. 저렇게 홀로 우주를 떠돌고 있으니."

"우리도 사실 지구라는 우주 먼지 같은 행성에서 외롭게 떠돌고 있잖아? 오우무아무아에게 행운이나 빌어주자고!"

그날 밤, 나는 오우무아무아의 꿈을 꾸었다.

별들이 빛나는 우주공간에서 시가처럼 생긴 그것이 빙글빙글 선회하면서 내 쪽으로 오는데, 나는 왠지 입을 벌렸고, 마치 담배처럼 그것의 한쪽 끝이 내 입안에 쏙 들어왔다.

나는 라이터로 불을 켰고, 오우무아무아에 불을 붙였다.

정말, 언젠가 한 번 맛보았던 쿠바산 시가 맛이 났다.

제 23 장

___ 클리나멘 2

가을이 깊어가던 11월 초의 스산한 어느 날, 나는 차를 몰고 무작정 경부고속도로를 달렸다. 내가 살던 도시, 장소로부터 달아나고 싶었다. 글쓰기에 대한 어떤 부끄러움과 절망감이 나를 움츠러들게 했고 그저 사라져 버리고 싶었다. 서울 톨게이트를 지나 경부고속도로에 들어섰지만 어디로 가야 할지를 몰랐다.

그저 묵묵히 정면을 응시하면서 남쪽을 향해 차를 몰아갔다.

마치 넋이 나간 듯 거의 반무의식 상태에서 한 시간여를 달려가던 어느 순간, 문득 정신을 차렸을 때, 내 시야에 하나의 이정표가 눈에 들어왔다. '청주'라는 도시 이름이 보였다. 그때까지 내가 한 번도 가보지 않았던 도시였다.

나는 나도 모르게, 거의 무의식적으로 차선을 바꾸어 청주 톨게이트로 향했고 얼마 지나지 않아 청주 시내로 향하는 도로인 듯한 한적한 외곽도로로 진입했다.

그것은 사소하지만, 도로 위에서 일어난 하나의 궤도 이탈, 클리나멘의 순간이었다. 클리나멘이 열어주는 미지의 세계.

외곽도로에 진입하는 순간, 마치 숨겨져 있던 비밀의 문이 열린 듯 내 앞에 놀라운 풍경이 펼쳐지고 있었다.

좁은 이차선 국도 양쪽 도로변엔 플라타너스 가로수들이 그곳을 지나는 차들을 사열하듯 아주 먼 곳까지 일렬로 있었는데, 양쪽에서 뻗어나온 가지들이 도로 위쪽에서 거의 맞닿을 만큼 가까이 붙어 있는 데다 가지들에 달린, 내 손만큼이나 큰 노랗고 붉게 물든 이파리들이 너무도 풍성하여 도로는 하나의 궁륭 형태를 이루고 있었다. 늦가을 찬바람이 제법 세게 불던 탓에 커다란 잎새들이 허공에서 화려한 색종이 퍼레이드를 벌이며 그곳을 찾는 방문객들을 열렬한 환호로 반겨주었다.

나는 낯설게 아름다운 그 풍경에 매혹당했다. 그 풍경을 조금이라도 더 오래 감상하기 위해 최대한 속도를 늦추었고, 차창마저 내려 불어오는 바람을 그대로 맞기도 했는데, 일순 내 마음속의 응어리가 모두 그 바람에 씻겨 날아가는 것 같은 느낌을 받았다.

나는 결국 갓길에 차를 세우고는 바깥으로 나섰다.

내 발 앞으로 날아와 떨어진 커다란 잎사귀를 주워보니 그건 내 두 손을 합친 것보다 더 컸다. 플라타너스 잎새들이 허공에서 격렬한 춤사위를 벌이며 흩날렸다. 그날 내가 본 그곳 플라타너스 가로수 길의 풍경은 그때까지 내가 보았던 그 어떤 봄날의 벚꽃길보다도 더 매혹적으로 아름다웠다.

나는 그 플라타너스 가로수길에서 한참을 더 머물다 다시 차를 몰아 도시로 진입해 들어갔는데, 낯선 그 도시는 시간이 갈수록 더 내 호기심을 끌었다. 강을 끼고 있는 작은 도시였지만 강에 놓인 다리조차 평범하지 않았다. 한 다리는 전체가 삼각 지붕을 얹은 건물로 덮여 있어 독특한 느낌을 주었고, 오밀조밀한 시내는 서울과는 다른 편안함을 주었다.

정말 우연하게 찾아 들어가게 된 도시였지만, 아름다운 플라타너스 가로수길과 오랜 역사, 독특한 외관을 가진 다리, 소박하면서도 아기자기한 시내 거리들, 그 모든 것을 사랑하게 되었고 결국 그 도시에 며칠 더 머무르기로 결심하고 말았다.

그 도시는 애초에 서울로부터 달아나게 만들었던 울울하고 절망적인 기분마저 잦아들게 했고, 다시 글쓰기에 대한 용기를 내게끔 나를 끌어당겼다. 사흘을 머무는 동안 도서관을 찾아 그 도시의 역사를 공부했고, 지도까지 구입하여 역사적인 장소를 일일이 답사해 가는 동안, 내 속에서는 한 권의 소설이, 아니, 어떤 오래된 가락이 움찔움찔거리며 터져 나오려 하는 걸 느꼈다.

서울로 돌아온 나는 설렘과 흥분, 기대 속에서 다시 서재의 책상 앞에 앉았다. 내 육체의 세포 하나하나가 언어로 부풀어 올라 입만 열면 언어와 문장이 홍수처럼 터져 나올 것만 같았다. 그 도시가 들려주었던 이야기, 내 속에서 움찔대던 가락들이 덩실덩실, 덩더꿍 덩더꿍 춤추고 노래하며 내 영혼을 관통할 것 같았다. 그렇게 몇 달을 내 언어는 그 도시의 기억과 숨결 속에서 노닐었고, 마침내 한 권의 소설로 형태를 갖추기 시작했다. 나는 마치 판소리로 한 도시를 노래하듯 언어에 전통적인 장단과 가락을 불어넣었고, 플라타너스 가로수길과 켜켜이 쌓인 도시의 역사, 사라진 장소들, 망각되어 가는 사람들, 사랑으로 방황하는 연인들이 그 안에서 제 목소리를 갖도록 해야만 했다. 그렇게 해서 그 원고는 "길나리토리"라는 제목으로 완성되었다. '나리'는 놀이를 뜻하고 '토리'는 전통 민요나 무속 음악, 판소리 등에서 지방에 따라 독특하게 구별되는 노래투를 의미하는 단어로, 길나리토리는 '길놀이의 노래'를 뜻한다.

불행히도, 우연의 신이 당시 절망에 빠져 있던 나를 위로하기 위해 보내준 선물처럼 내 속으로 들어왔던 그 작품은 아직 원고인 상태로 남아있다. 한두 번의 시도가 있었지만, 그 노래를 책으로 묶어줄 곳을 찾아내지 못했다.

다만 나 자신만을 위한 노래, 뮤즈의 여신이 나를 그 도시로 이끌어 부르도록 한 외로운 노래로 남아 있다.

가을이 되어 불현듯 거리의 플라타너스 가로수에서 떨어지는 잎사귀를 본 순간, 오래된, 어느덧 너무 오래되어 버린 추억이 내 속에서 다시 그 노래를 불러냈다. 아직 불리지 못한 노래, 듣는 이가 없는 노래, 한 순간 짓궂은 우연이 나를 유혹하여 위로를 건네는 대신 몹시 고된 노동으로 몇 달간을 기진맥진한 상태로 빠져들게 했던 그 노래.

하지만 어쩌랴, 그 또한 인생의 아이러니인 것을.

제 24 장

____ 사진첩

얼마 전 사진첩을 정리하다가 깜짝 놀라고 말았다. 십 년 전, 혼자 안면도에 이틀간 머물렀을 때 찍은 사진이었다. 그때 내가 머물던 펜션 방 앞에서 우연히 고양이 한 마리를 발견해서 먹을 걸 주었고, 심지어 녀석은 스스럼없이 내게 다가와 볼을 비비기도 했다. 나는 그 사랑스러운 고양이를 사진으로 남겨두었다.

그런데 지금 보니 그 사진 속의 고양이 모습은 지금 나와 동거하고 있는 고양이와 거의 완벽한 판박이 모습이었다. 검은색과 은색의 털, 그리고 하필이면 코 주위의 둥근 반점 같은 점까지. 두 고양이 사진을 비교하고 또 비교하면서 완벽하게 닮은 그 모습에 경악

할 정도로.

이런 우연의 일치는 정녕 신비롭다.

지금 한 살이 조금 넘은 우리 집 고양이가 마치 십 년 전의 그 안면도 고양이가 환생하여 다시 나를 찾아왔다는, 터무니없지만 즐거운 상상도 절로 하게 된다.

아마도, 수많은 신화와 전설이 이런 우연의 신비한 일치에서 생겨난 상상력에 그 기원이 있지 않을지.

✳

모든 연인들은 자신들만의 개인적인 신화를 창조한다. 끊임없이 자신들의 첫 만남의 순간을 이야기하며 그 순간을 신화적인 순간으로 만들어 간다.

하필이면 그날 어깨 통증이 너무 심한 데다 하필이면 그날이 일요일이라 어쩔 수 없이 우리 집으로 와야만 했지, 그리고 우린 그날 첫 포옹을 했어. 또는 그날 하필이면 비가 내렸고, 비가 내리는데도 하늘은 너무 맑았지. 너는 횡단보도에서 우산을 받치고 서 있었고, 나는 창을 통해 그 모습을 계속 바라보고 있었어. 나는 이상하게 그 순간, 어떤 운명을 예감했지. 또는, 드라마에서 자주 쓰는 클리셰처럼, 하필이면 그날 넌 내 앞에서 들고 가던 서류철을 떨어뜨렸지. 등등.

처음엔 단순하고 사소한 우연이었던 사실에 신비로운, 혹은 신적인 운명의 광휘가 덧붙여지고, 나아가 초자연적인 어떤 이야기가 덧붙여지고, 그리하여 그 우연은 시간과 더불어 하나의 역사, 건국 설화나 위대한 가문의 설립 신화로 변형된다.

영웅들은 알에서 태어나거나, 신과 교접하거나, 혹은 성스러운 용이나 곰, 호랑이와 교접하여 태어난다.

그리스의 신화적 영웅들, 헤라클레스나 테세우스, 메두사를 처치한 페르세우스는 제우스나 포세이돈의 자식이거나 후손이고 고구려의 건국시조 주몽과 신라의 건국시조 박혁거세는 큰 알에서 탄생한다. 박혁거세는 우물가에서 큰 용이 겨드랑이로 낳은 알영을 황후로 맞이한다.

✳

마당에서 놀고 있던 고양이가 어느새 쓰윽 들어와 책상 앞에 앉아있는 내 무릎 위로 폴짝 뛰어오른다. 그리곤 몸을 동그라니 웅크리곤 머리를 쓰다듬어 줄 내 손길을 기다린다.

제 25 장

____ 서기 525년 6월 18일

경남 울주군 대곡리 대곡천변에는 한반도 지질사와 왕조들의 역사에 매우 중요한 유적지들이 곳곳에 산재해 있다.

2020년 6월, 코로나가 잠시 잦아들던 때, 불현듯 집을 나서 여행을 떠났다.

거의 반^半자가격리 상태가 지속되던 탓에, 마음속에 무언가가 차올랐다.

작은 배낭엔 허먼 멜빌에 관한 작은 책 한 권과 노트가 들어 있었다. 나는 멜빌의 『모비딕』을 모티브로 한 권의 책을 구상하고 있었고, 우리나라의 포경산업의 역사와 관련된 지역인 포항 장생포와 선사시대의 흔적이 남아있는 울산 울주군의 반구대 암각화에도 들러볼 생각이었다.

장생포 고래박물관에 들렀고, 장생포에 유물처럼 남아있는 과거 포경산업의 흔적들을 돌아보았다. 그리고 수천 년 전, 신석기 시대 고래를 잡으며 살았던 선사인들이 남긴 반구대 암각화와 그 주변도.

그리고 반구대 암각화, 거기서 고작 삼십 분 걸음 떨어진 한 장소에서 아주 오래된 한 애달픈 사랑이야기를 만났다.

또 그 사랑 너머엔, 가늠하기조차 어려운, 영겁과도 같은 먼 시간, 시간을 헤아릴 그 누구도 존재하지 않았던 시대의 흔적이 있었다.

✳

천전리 각석은 울산 울주군 두동면 천전리의 깊숙한 산속, 대곡천이라고 하는 작고 구불구불한 계곡의 한 어귀에, 앞으로 곧 넘어질 것만 같은 기우뚱한 자세로 서 있는 넓고 큰 바위다. 높이가 약 삼 미터, 넓이가 약 십 미터에 이르는 거대한 바위.

그 앞엔 지금도 투명한 계곡물이 고요히 흐르고 있다.

그 바위엔 청동기 시대 혹은 그 이전부터 신라시대 초기에 이르는 시기에 만들어진 온갖 수수께끼 같은 문양들과, 신라초기에 새겨진 문장들이 금석문 형태로 새겨져 있다. 청동기인은 거기에 원,

다이아몬드, 굽이치는 산 모양과 암수 한 쌍씩으로 이루어진 온갖 동물들을 새겨 넣었다.

신라 초기, 경주의 귀족 화랑들은 이곳까지 와서 심신을 수련했고, 이 바위에 자신들이 다녀갔다는 기록을 남겨놓았다.

1970년, 영겁의 세월을 기다려, 이 바위에 흔적을 남긴 사람들이 자신들의 이야기를 들어줄 사람들을 만났다.

그 바위에 새겨진 문양과 무엇보다 한자로 새겨진 금석문의 비밀은 놀랍게도, 신라 왕실의 사랑과 결혼, 죽음과 왕위계승에 관한 이야기였다.

서기 525년 6월 18일 이른 아침, 몇 명의 수행원을 이끌고 한 쌍의 다정한 연인이 그곳을 찾았다. 갈문왕이라는 칭호를 가진 당시 법흥왕의 동생 사부지와 그와 사촌지간으로 추정되며 정혼을 했을지도 모를, 어사추여랑이란 이름을 가진 여인.

그들은 아직 젊고 어린 청춘남녀였다.

그들은 경주에서 이곳까지 유람을 왔고, 물 맑고 바람 시원한 계곡에 발을 담그며 사랑을 속삭였고, 그들의 마음과 사랑을 담아, 그날을 오래도록 추억하고자 바위에 문장을 남겼는지도 모른다.

그리고 그로부터 14년의 세월이 흐른 후, 새로운 명문이 새겨진다.

539년, 그 바위를 찾은 건 갈문왕 사부지도, 어사추여랑도 아니었다.

14년이 흐르는 사이에, 사부지도, 어사추여랑도 이미 세상을 떠났다.

그날 바위를 찾은 사람은 사부지 갈문왕의 젊은 아내인 법흥왕의 유일한 딸인 지소부인과 그녀와 갈문왕 사이에서 나온 다섯살 난 왕자였다.

갈문왕의 아내 지소부인은 세상을 떠난 "**갈문왕과 누이가 그리워**" 거기를 찾아왔다고, 명문을 남겼다.

14년 전, 어사추여랑과 다정하게 이곳을 찾아 명문을 새겼던 갈문왕은 왜, 어떻게 그녀가 아닌 법흥왕의 친딸이자 자신의 조카인 여인과 결혼을 했을까?

그 이유는 아들이 없었던 법흥왕이 자신의 직계 혈통에게 왕위를 물려주고자 하는 정치적인 의도 때문이었다.

당시 왕족들 간의 족내혼은 흔한 일이었다.

갈문왕은 사랑과 왕위 계승을 위한 정략결혼 사이에서 망설였을까?

아니면 갈문왕과 어사추여랑은 결혼을 약속한 연인 사이가 아니라 그저 아주 가까운 사촌지간이었을 뿐일까?

갈문왕은 이제 법흥왕을 잇는 왕위 계승의 일순위가 되었지만, 운명은 그에게 왕위를 허락하지 않았다.

운명은, 그가 아닌 그의 아들에게 왕위를 예비해 놓고 있었다.

그는 법흥왕이 사망하기 고작 한두 해 전에 사망한 것으로 보인다.

어사추여랑도, 539년엔 이미 사망하고 없었다.

법흥왕은 지소부인이 이 바위를 찾은 지 일 년만에 사망하고, 왕위는 갈문왕의 아들, 그 바위를 찾았던 다섯 살 난 아들에게 돌아갔다.

갈문왕의 아들, 이 바위를 찾았던 그 소년이 바로 진흥왕이다. 신라가 통일을 이루기 전, 신라의 영토를 가장 크게 넓혔던 국왕.

✳

천전리의 암각화가 새겨진 그 바위는 언제부터 그 자리에 있었던 것일까?

수많은 고래들과 동물들을 암각화로 새겨 넣은 신석기인들과 마주했던 그 암각화 바위벽은, 언제부터 그 자리에, 뭍에 모습을 드러낸 채 거기에 머무르고 있었던 것일까?

아니, 대곡천을 둘러싼 산과 계곡, 강물, 그 모든 것들은 도대체 언제부터 거기에, 그런 모습으로 고요히 세월을 견디며 그토록 무수한 생들이 피었다 지는 모습을 지켜보며 그 자리에 웅숭깊이 있었던 것일까?

✳

진정으로 내 마음을 흔들었던 충격은 그러나, 따로 있었다. 천전리 암각화가 새겨진 큰 바위 앞을 흐르는 작은 강 건너편 바위들에 남아있는 공룡들의 발자국! 6500만 년 전에 멸종한 공룡들, 그러니까 까마득하고 까마득한 시대, 아직 인간은커녕 인간을 포함한 가장 오래된 포유류가 오늘날의 쥐와 비슷한 작고 야행성인 상태에 불과하던 그런 시대, 서기 6세기 인간들이 자신들이 거기에 다녀갔음을 문장으로 기록해 놓은 바위 바로 맞은편에, 고작 십여 미터 떨어진 장소에 지구를 주름잡던 공룡들이 내 발보다 두세 배는 더 커 보이는 움푹 파인 발자국을 남기며 돌아다녔다니!

그들이 밟고 다녔던 축축했던 땅은 영겁의 세월을 거치며 이젠 딱딱한 바위로 변해 있다.

나는 심한 현기증을 느꼈다. 나도 모르게 탄식 같은 깊은 한숨이 터져 나왔다. 나는 나도 모르게 신발과 양말을 벗은 맨발로 조심스레 움푹 팬 모양의 공룡 발자국 위에 발을 디뎠다.

마치 그리하면 갑자기 나 자신이 시간여행을 하여 공룡이 살던 그 시대로 돌아갈 수 있기라도 하는 양.

그렇게 한참을 서있다 결국 그 자리에 털썩 주저앉고 말았다.

거기서 느껴지는 시간의 무게를 작디작은 내가 감당하기 어려웠던 탓에.

반구대 주변 계곡 여기저기에 공룡 발자국들이 있었다.

나는 천전리 암각화가 있는 계곡에서 좁은 산길로 산을 올라 산 건너편 반구대쪽으로 가는 길에 내내 거대한 시간의 흐름과 무게, 그 흐름 속에서 명멸해 간 생명 존재들과 인간의 역사를 반추해 볼 수밖에 없었다.

반구대 주변엔 인간의 역사도 깊게 남아 있었다. 물론 가장 오래된 것은 20세기 들어와서야 발견된 신석기인의 유적인 반구대 암각화였지만, 신라, 고려, 조선 시대의 유적들도 여전히 남아있었다. 고려시대 정몽주가 이 근방에 유배를 왔다간 흔적, 포은대. 그리고 반구대에 가까운 곳에 남아있는 조선시대 양반 귀족 가문이 세운 정자와 반구서원.

그곳은 가히 1억 년 세월의 깊이와 무게가 고스란히 남아 있는 장소였고, 나는 그 거대한 시간 속에서 길을 잃어버린 듯한 기분이었다. 그러한 느낌, 경험은 나의 하찮은 언어로 표현하거나 묘사할 수 있는 지경을 넘어서는 것이었다.

나는 인간 이전의 세계, 즉 공룡들과 이후 고래들이 울산 주변 바다에서 노닐던 세계와 인간 이후, 특히 지난 1만 년 이래 농경이 시작되고, 국가가 성립하고, 전쟁과 계급 투쟁과 착취가 횡행해 온 세계를 절로 떠올릴 수밖에 없었다.

왠지 인간의 역사 전체가 가소로워 보였다. 이 작고 영악한 포유동물들이 남긴 잔혹한 투쟁의 역사는 저 거대한 자연의 역사 속에서 도대체 어떤 의미가 있을지 의문스러워졌다. 이들 스스로 자부하는 모든 영광과 업적, 위대한 역사 따위가 과연 무엇을 위한 것인지에 대한 회의가 밀려들었다.

나는 신석기인들이 만났던 고래와 고래가 출현하기 전의 공룡에 사로잡혔고, 그 때문인지 반구대를 떠나 다시 돌아간 인간의 도시, 거대한 첨단 공업도시 울산에 들어서서 높이 솟은 빌딩들과 압도적인 대규모 공장들, 그리고 그 사이를 쉴 새 없이 오가는 인간들을 보면서 그저 낯설고 기이하기까지 한 느낌에 사로잡혀 할 말을 잃었다.

고요한, 침묵하는 자연계, 떠들썩하고, 휘황하고, 매연 가득한 인간계의 도시.

나는 고래를 사냥하며 반구대에 고래 그림을 새겨 넣던 석기시대인들의 눈으로 이 21세기의 첨단 공업 도시를 바라보려 애써 보았지만, 나로선 가늠조차 할 수 없었다.

●

천전리 암각화와 강 건너편 공룡 발자국이 있는 바위 주변 풍경

제 26 장

_____ 젱킨스의 귀 전쟁

영국의 상선 선장인 로버트 젱킨스는 하필 스페인 해역으로 들어가 밀무역을 하다 스페인 해양 경비대에 발각되어 체포되었다. 그들은 하필이면 영역 침범의 벌로 젱킨스의 귀를 잘라 버린 후에 그를 풀어주었다. 젱킨스는 영국으로 돌아가 왕과 국회의원들 앞에서 자신의 잘린 귀를 보여주었고, 이에 격분한 영국은 1739년 스페인을 상대로 전쟁을 일으켰다. 이것이, 오늘날 역사학자들이 '젱킨스의 귀 전쟁War of Jenkins' Ear'이라고 불리는 전쟁의 시작이다.

젱킨스의 귀 사건으로 촉발된 두 나라 간의 전쟁은 이윽고 오스트리아 왕위 계승 전쟁으로 확대되었고, 거의 모든 유럽 나라들이 전쟁의 소용돌이에 휘말리게 되는 큰 전쟁으로 이어지게 된다. 이 전쟁은 십 년이나 지속되어 1748년에야 끝이 나지만, 젱킨스의 귀가 몰고 온 전쟁의 광풍은 거기서 끝나지 않고, 1756년에 발발하는 7년 전쟁으로 이어지는 계기가 되었다. 그 전쟁은 주전국인 오스트리아와 프로이센뿐 아니라 영국, 프랑스, 스페인 등 거의 모든 유럽 국가들과 아메리카, 인도까지 끌어들였다는 점에서 최초의 세계 대전이 되었다.

7년 전쟁은 18세기 유럽의 정치 지형도를 바꾸어 놓았다.

그 전쟁의 여파로 영국은 거대한 제국을 구축하고 팍스 브리태니커 시대를 열었다. 나아가 미국의 독립 혁명과 프랑스 혁명의 원인을 제공했다.

✳

1914년에 시작되어 1918년에야 끝난 제1차 세계 대전의 시작도, 처음에는 하나의 암살사건에서 시작되었다. 사라예보 암살사건.

1914년 6월 28일, 오스트리아의 프란츠 페르디난트 대공이 보스니아 헤르체고비나의 수도인 사라예보를 방문했다. 세르비아 장교들의 비밀결사조직인 흑수단黑手團이 지원하는 청년 보스니아 민족주의 단체의 암살단 6명이 1차로 대공의 차에 수류탄을 던졌지만, 대공의 차를 놓쳐 주변의 군중 몇 명만 다쳤을 뿐이다.

대공의 차량 행렬은 계속 길을 갔고, 약 한 시간 후, 대공의 차를 모르는 운전기사의 우연한 실수가 대공의 운명을 결정하고 만다. 대공이 사라예보 병원을 방문하고 돌아오는 길에, 운전기사가 길을 잘못 들어서는 바람에 우연히, 하필이면 그곳을 서성거리던 암살범 프린치프와 맞닥뜨리고 만 것이다. 프린치프는 처음엔 얼떨떨해하다가 외투 주머니에서 숨겨두었던 권총을 꺼냈고, 대공과 그의 아내를 모두 암살하는 데 성공하고 만다.

✳

귀를 잘리던 젱킨스도, 그의 귀를 자르던 스페인 경비 대장도, 오스트리아 대공 부부를 암살한 프린치프도, 그 사건이 나비 효과를 일으켜 세계 역사의 거대한 흐름을 바꾸어 놓고, 수만, 수천만 명의 목숨을 앗아가게 될 세계대전으로 비화될 것을 미리 알았더라면, 그런 사건을 일으킬 생각이라도 했을까?

중국의 마오쩌둥이 대약진 운동으로 약 2,500만 명이 굶주림으로 죽어 가게 될 줄 알았더라도, 문화 대혁명으로 또 거의 그만큼의 희생자가 나오고, 중대한 문화유산이 파괴될 줄 미리 알았더라도 과연 그런 가혹한 행군을 시작했을까?

✳

나는 인간에 가장 걸맞은 정의는 "인간은 어리석은 동물"이라는

167

정의라고 믿는다. 인간의 근원적 어리석음은 무지에서 비롯되는 것이 아니다. 이 어리석음은 무지와 다르다. 어리석음은 오히려 자신의 앎에 대한 지나친 확신, **독단과 독선**doxa에서 비롯된다.

이념적 독단, 종교적 독단, 도덕적이거나 과학적인 독단.

진리를 확실하게 소유하고 있다고 믿는 인간의 어리석음.

독단이 극단을 낳고, 극단은 피와 눈물을 낳고, 역사는 독단의 어리석음으로 초래되는 비극으로 넘쳐나게 된다.

시간의 미래에 작동하는 무수한 **우연**을, 그것이 창조하는 클리나멘적 비켜남과 일탈들을 외면하고 어리석음에 빠질 때, 그것을 우리는 또 다른 형태의, 가장 위험한 히브리스의 하나라고 간주할 수밖에 없다.

현대의 복잡계 과학은 세상의 움직임이 비선형적인 궤도로 움직이며, 하위 영역의 기본요소들의 사소하고 우연한 움직임이 상위 영역에서 결과를 예측 불가능하게 만드는 낯설고 전혀 새로운 '**창발현상**emergence'을 빚어낸다고 밝혀냈다.

전체는 결코 부분의 합이 아니라, 부분의 합과는 전혀 다른 새로운 질서와 특성을 드러낸다는 것. 단순한 신경세포들의 연결망이 의식이라는 놀랍고 신비로운 현상을 빚어내듯이.

개인들의 무수한 연결이 개인들의 합이나 인간 개인의 본성으로 환원해서 설명할 수 없는 독특한 사회적인 현상을 빚어내듯이.

인간과 뭇 생명들, 대기권, 수권, 지권 등의 연결망이 지구생태계라는 오직 전체로서만 이해될 수 있는 새로운 현상을 빚어내듯이.

세상은 우연과 필연이 갈마들면서 무시로 복잡계적 창발을 빚어낸다.

인간의 어떤 지성도, 앎도, 세상의 복잡한 질서를, 창발적인 현실을 모두 예측할 수 없다.

✳

1958년, 중국 공산당 정부는 가뜩이나 인민들이 굶주리고 있는 상황에서 부족한 곡식을 앗아가는 참새를 그저 '곡식이나 축내는 해로운 새'라고 규정하고 대대적인 참새 사냥에 나섰다.

참새 약 2억 마리가 죽임을 당했다. 곡식을 갉아먹는 해충을 잡아먹는 참새들이 거의 사라지자, 중국 농촌은 병충해가 창궐하여 오히려 황폐해졌고, 인민들은 더욱 굶주리게 되었다.

철학자 버트런드 러셀의 말이다. "인간이 다른 인간에게 끼치는 가장 거대한 해악들은 대개 실제로는 그릇된 것인 믿음을 지나치게 확신하는 데서 비롯된다." [17]

제 27 장

___ 여섯 번의 우연

문학에서 우연의 진정한 대가는 체코의 소설가 밀란 쿤데라다. 그의 소설 『참을 수 없는 존재의 가벼움』은 우연을 테마로 한 대서사시다. 그는 에피쿠로스가 클리나멘을 탐구했듯이, 우연의 존재론적 의미와 가치를 탐구한다.

우리가 누군가와 사랑에 빠지는 건 단지 우연일까, 필연일까?

체코의 1968년 프라하의 봄을 배경으로 펼쳐지는 소설의 두 주인공 토마시와 테레자의 만남과 이별, 사랑과 고통, 행복과 불행, 죽음의 드라마를 떠올려 본다.

두 사람은 체코의 수도에서 200킬로나 떨어진 어느 시골 마을의 작은 호텔에 딸린 카페에서 처음 만났다. 테레자는 그 카페의 종업원이었고, 토마시는 다시 프라하로 돌아가는 길에 기차 시간이 남아서 잠깐 손님으로 들른 것이었다. 토마시가 그 카페에 머문 건 딱 한 시간 정도였다. 그리고 그들이 헤어질 때 토마시가 건넨 명함 한 장. 그들의 운명의 드라마는 그 명함 한 장에서 시작했다고도 할 수 있으리라.

도대체 그 짧은 시간 동안 무슨 일이 일어났던가? 프라하의 한 의사와 시골 카페 여종업원 간의 만남엔 불가피하게 예비된 희비극적 운명이 마련되어 있었던 것일까? 마치 오이디푸스가 탄생하는 순간부터 그의 운명이 미리 결정되어 있었던 것처럼? 밀란 쿤데라는 그들이 명함을 건네는 순간까지 적어도 여섯 번의 우연의 일치가 있었어야만 했다고 지적한다.

토마시가 그 먼 곳까지 온 건 순전히 우연이었다. 테레자가 살던 작은 도시의 병원에 우연히 치료하기 힘든 편도선 환자가 발생했고, 토마시가 일하던 병원 과장이 급히 호출되었다. 하필이면 그 과장이 좌골 신경통 때문에 꼼짝도 할 수 없는 상태라 과장은 하필 토마시를 자기 대신 그 도시로 보냈다. 테레자가 살던 도시엔 호텔이 다섯 개 있었는데, 토마시는 우연히 테레자가 일하는 호텔에 묵었다. 그리고 일이 끝난 후에, 우연히도 기차가 출발할 때까지 시간이 남는 바람에 테레자가 일하는 카페로 들어갔다. 거기에 더해 하필 그날, 우연히 테레자가 당번인 날이었고 우연히 토마시의 테이블을 담당했다. 쿤데라는 토마시를 테레자에게 데려가기 위해서는 이

우연의 생 ─ 김운하 에세이

171

처럼 여섯 번의 우연이 겹치고 겹쳐야만 했다고 말한다.

그러나, 설사 토마시가 예의상 혹은 수집가형 바람둥이였던 자신의 습관대로 테레자에게 명함을 건넸다고 하더라도, 테레자가 그 명함을 쓰레기통에 쑤셔 넣어 버렸더라면, 그래서 그녀가 굳이 프라하까지 토마시를 찾아가서 그의 집에서 잠자리를 같이하고, 또 하필이면 그날 밤부터 심한 몸살감기에 걸려 토마시의 집에 며칠 더 머무르지 않게 되었더라면, 토마시의 그 여섯 번의 우연도 말 그 대로 아무 의미도 무게도 갖지 않는, 봄바람이 우연히 볼을 한 번 스 치고 지나간 것과 같은 사건으로 금세 잊히고 말 인연이 되고 말았 을 것이다.

그러나 테레자에게 우연히 건네받은 그 명함 한 장은 '운명의 패'였다. 자신이 새로운 운명의 문을 열 열쇠였다. 테레자는 그 작은 시골 도시를 탈출하길 늘 갈망하며 꿈꾸어 왔다. 동네 술주정뱅이들 의 추근거림, 저속함, 지긋지긋한 시골의 권태로부터 벗어나고 싶었 다. 무엇보다 끊임없이 자기를 억압하던 엄마에게서도 벗어나고 싶 었다.

토마시는 카페에 앉아 책을 펴놓고 있었다. 그 카페에서 유일 하게 책을 펼쳐놓고 있는 사람. 테레자에게 책은 특별한 기호이자 상징이었다. 책은 만족을 주지 못하는 시골의 저속한 세계에 대항 하는 유일한 무기이자 저속한 세계와 구분되는 고상하고 교양 있는 세계의 상징이자, 자신과 남을 구분해 주는 특별한 기호이기도 했 다. 토마시가 책을 읽고 있다는 사실 자체로 테레자가 이미 은밀한 호감과 연대감을 느끼게 되는 건 자연스러운 일이다(그래서 테레자는 토마시를 만나러 갈 때, 품에 톨스토이의 『안나 카레니나』를 안고 있었다). 그러다 테레자에게 코냑 한 잔을 주문할 때, 그 순간에 하필이면 베토벤의 음악이 라디오에서 흘러나왔다. 오, 베토벤! 그녀는 프라하의 한 연주단이 그 마을로 순회공연을 온 후부터 그 곡을 알고 있었다. 카페에서 유일하게 책을 읽어 호감과 호기심을 갖게 된 남자가 코냑을 주문한 순간에 흘러나온 베토벤이라니! 베토벤은 그녀가 희구하던 세계, '저쪽' 세계, 즉 보다 신분이 높은 세계의 표식이기도 했다.

책과 베토벤, 테레자는 바로 그 두 가지 우연한 일치에서 이미 어떤 운명의 계시를 본다.

코냑을 다 마신 후에 "제 호텔 숙박비에 포함해 주시겠습니까?"라고 말하며 토마시가 6자가 새겨진 나무 열쇠고리를 보여주었다. 그 순간, 테레자는 그 아무것도 아닌 숫자 6을 마법의 숫자로 바꾼다. 별것 아닌 숫자 6에서 무언가 신비한 연결 기호를 창조해 내야만 했다.

"이상한 일이군요, 6호실에 계시다니."

"뭐가 이상한가요?"

"당신은 6호실에 머물고 나는 6시에 근무가 끝나거든요."

테레자는 사실 부모가 이혼하기 전에 프라하에 머물던 건물이 6번지였던 걸 떠올린 것이지만, 유혹하는 자의 놀라운 책략으로 엉뚱한 말을 꺼내고 만다.

"그리고 나는 7시에 기차를 타지요." 토마시가 답한다.

놀랍게도, 토마시는 카페를 나선 후에 하필이면 카페 입구가 보이는 노란색 벤치에 앉았다. 그 자리는 테레자가 바로 어제 무릎에 책을 얹고 앉아있던 바로 그 벤치였다. 책과 베토벤, 숫자 6, 그리고 노란색 벤치. 그녀는 연속되는 우연들에서 그 남자가 자신에게 다가올 미래의 운명임을 읽어냈다. 거기서 토마시는 그녀에게 명함을 건네고….

✳

테레자가 살던 도시 병원에서 하필이면 복잡한 편도선 환자가 발생하지만 않았어도, 프라하의 병원 과장이 하필이면 그때 좌골 신경통으로 고생하고 있지만 않았어도, 토마시가 하필이면 다섯 개 호텔 중에 테레자가 있던 호텔이 아닌 다른 호텔에 묵기만 했어도, 토마시가 책을 테이블 위에 올려놓지만 않았어도, 베토벤 음악이 그 순간에 흘러나오지 않았어도 등등, 우리는 테레자가 일하던 카페에서 실제로 일어난 사건과는 다른 가능성을 상상할 수도 있을까?

이 첫 만남이 운명적인 연인관계로 발전하고 7년의 세월이 흐른 후의 어느 날, 토마시는 그들의 사랑에 관해 다시 숙고한다. 그날은 하필이면 스위스에 머물던 그가 테레자 때문에 다시 체코의 프라하로 돌아온 첫날 밤이었다. 토마시와 테레자는 68혁명이 실패로 돌아간 후 스위스로 도피해 있었는데, 테레자는 토마시와 결별하고 혼자 프라하로 돌아와 있었다. 지난 몇 년 간, 토마시의 삶은 테레자의 질투와 집착으로 몹시 힘들었다. 결혼생활에 맞지 않고 누군가와 계속 한 침대를 쓰는 것을 못 견뎌하며 자유분방함을 누리던 토마시의 삶은 테레자와 함께하면서부터 테레자의 집착과 구속, 질투로 인해 끊임없는 불화와 불편, 발목에 방울이 매달려 있는 듯한 괴로움의 연속이었던 것이다. 그러다 테레자가 스스로 자기를 떠나주니, 처음에는 해방감에 몹시 기뻐하며 원래의 자기의 삶을 되찾겠노라고 결심하지만 그 결심은 무시무시한 무게를 가진 테레자에 대한 동정심, 테레자에 대한 토마시의 운명이 되어버린 그 감정의 무게 때문에 무너져 버리고 결국 다시 테레자에게 돌아가고 말았던 것이다.

프라하에서 돌아온 첫날 밤, 토마시는 잠든 테레자 곁에서 뒤척인다. 몇 년 전 그녀가 무심코 던진 말이 불쑥 떠오른다. 그들이 토마시의 한 친구에 관해 얘기하다가 그녀가 이렇게 말했던 것이다. "당신을 만나지 않았으면 나는 틀림없이 그를 사랑했을 거야."

그 말을 처음 들은 당시에도 기분이 약간 우울했다. 테레자가 그의 친구가 아닌 자기와 사랑에 빠진 것이 철저히 우연이란 걸 문득 깨달았기 때문이다. 가능성의 왕국에는 토마시와 이루어진 사랑 외에도 실현되지 않은 다른 남자와의 무수한 사랑이 존재하는 것이다!

토마시는 자신을 테레자로 이끈 그 여섯 번에 걸친 '우연의 연쇄'를 생각한다. 그들의 사랑은 운명도, 필연도 아니었다. 테레자에겐 자기 말고도 다른 무수한 사랑의 가능성이 존재했고, 토마시 자신에게도 마찬가지였다.

그들의 사랑은 "그렇게 될 수밖에es muss sein"가 아닌 "얼마든지 달라질 수도 있었는데….eskonnte auch anders sein"에 근거하는 것이었다.

즉 이럴 수도 저럴 수도 있는 순전한 우연의 산물에 불과했다.

제 28 장

_____ **가벼움과 무거움**

밀란 쿤데라는 우연과 필연의 문제를 삶의 일회성과 영겁회귀의 문제로 바라본다. 만일 이번 생이 전생과 완벽하게 동일한 반복이고, 그런 반복이 우주적으로 무한히 반복되어 왔고 다음 생, 그다음 생에도 계속 똑같이 반복되는 것이라면? 그런 삶에서 매순간의 선택은 다만 전생의 사건을 반복하는 것에 불과하게 될 것이다. 그럴 때, 우리 생을 채우는 모든 선택과 사건은 모두 완벽하게 필연적인 것이 될 터이다. 완벽하게 영겁회귀하는 삶과 우주.

필연Necessity이란 '반드시, 꼭 그렇게 될 수밖에 없고 다른 가능성이 없는' 것이다. 하나의 원인이 있고 그것이 어떤 결과를 낳는다면, 그 원인과 결과 사이에 다른 가능성은 없다. 지구에서 물이 백도가 넘으면 수증기로 변하고 영 도 아래에선 얼음으로 변하는 것이 필연적인 것처럼.

반대로 생이 단 한 번뿐이라면? 이번 생이 처음이자 마지막이라면? 그렇다면 불가역적인 시간의 흐름 속에서 모든 사건은 반복 불가능한 유일한 사건이 되고, 결코 되돌릴 수 없는 '낙장불입' 사건이 된다. 이런 세계에서는 시간의 세찬 바람 속에서 우연의 비가 여름 장맛비처럼 세계에 쏟아져 내리게 된다. 우주의 탄생, 지구의 탄생, 하필이면 지구에 달이 하나도 없거나 일곱 개가 아니고 단 하나인 것, 공룡들을 멸종시킨 혹성의 충돌, 수십 종에 이르는 호모종들 가운데 유일하게 우리 호모사피엔스종만 살아남은 것, 그 모든 사건들이 우연한 사건들이 되고 만다.

우연coincidence이란, 이렇게 될 수도 있고 저렇게 될 수도 있는 것이다. 내가 오늘 집에서 작업하지 않고 카페로 나와 글을 쓰는 것도, 이 작은 한 권의 책을 쓰기로 결심한 것도 모두 우연이다. 반드시, 꼭 그렇게 해야만 하는 것은 아니었다.

벼락의 관점에서는 짚으로 만든 개든 이성을 가진 동물인 인간이든 개의치 않는다. 지구적 생태계의 순환 논리에서 벼락은 자연스러운 것이고, 때가 되면 아무 곳에나 번쩍하며 내리칠 따름이다. 거기엔 아무런 이유나 의도도, 목적도 없다. 그저 그러할 뿐이다. 자연의 관점에서는 벼락이 생성되어 지상으로 떨어지는 것은 필연적인 인과적 물리법칙을 따르는 것이다. 그러나 한 벼락과 한 사물의 조우는 우연한 만남이다. 반드시 그 사물이어야만 하는 필연적인 물리법칙이 작동하지 않는 것이다. 가벼움과 무거움의 쌍과 연결시키면서 우리에게 묻는다. 우리의 삶은 가벼운가, 무거운가? 또 쿤데라가 마지막에 던진 가장 중요한 질문, **가벼운 삶이 긍정적인가, 무거운 삶이 긍정적인가? 어떻게 사는 삶이 더 바람직할까?** 그리고 그것과 우연은 무슨 관계가 있을까?

✳

그런데 무엇이 무거움이고 무엇이 가벼움인가? 밀란 쿤데라는 말한다. "모든 모순 중에서 무거운 것 – 가벼운 것의 모순이 가장 신비롭고 가장 미묘하다."

쉽게 생각해 보자. 모든 원자는 자신의 무게를 갖는다. 자신과 결합된 원자들이 많아질수록, 무게도 더 무거워진다. 인간 원자도 마찬가지다. 혼자인 독신일 때보다 부모 형제, 아내와 자식들까지 책임져야 하는 고단한 가장의 삶은 훨씬 더 무거울 수밖에 없다. 책임과 의무가 커질수록, 존재의 무게도 무거워진다. 나라는 존재를 얽어매고 있는 직접적 관계의 그물망이 촘촘해질수록, 내가 짊어져야만 하는 이런저런 짐들이 많아질수록, 나의 삶은 무거워진다.

또 진지하고 심각한 사랑, 영혼과 육체를 완전히 서로에게 예속시키는 사랑은 무겁다. 반면에, 서로에게 아무런 부담과 책임을 지우지 않고 요구하지도 않는 자유로운 연애는 가볍다. 오늘날, '원나잇 스탠드'라고 부르는 단 하룻밤의 성적인 교제는, 한없이 가볍다.

토마시는 테레자를 만나기 전, 깃털처럼 가볍게 살았다. 존재의 감미로운 가벼움의 바람에 몸을 맡기고 살기를 원했다. 그는 독신의 자유를 만끽했고, 이미 한 번 겪어보아서 아는 결혼이라는 족쇄의 무게에 진저리가 난 그는, 어떤 여자와도 심각하고 진지한 사랑의 관계에 엮이고 싶어 하지 않았다. 그런 관계는, 결혼과 다름없는 속박이며, 마치 무거운 추를 매단 채 바다에 던져지는 것처럼, 그의 삶을, 그의 존재를 고통에 빠트릴 것이다. 그에게 진지한 사랑은, 함정이요, 덫이 될 것이었다.

그러나 토마시는 여섯 번의 우연을 거쳐 테레자에게 정박하게 된다. 토마시는 하필이면 '동정'이라는, 타인의 고통에 공감하는 그 탁월한 공감 능력 탓에, 테레자에게 속박되고 만다. "동정심보다 무거운 것은 없다. 우리 자신의 고통조차도, 상상력으로 증폭되고 수천 번 메아리치면서 깊어진, 타인과 함께, 타인을 위해, 타인을 대신해 느끼는 고통만큼 무겁지는 않다."라고 쿤데라는 말한다.

토마시는 다시 테레자와 결혼을 하고, 그녀의 질투심과 집착, 강박에 시달리며 다시 자기를 짓누르는 무거움에 숨이 막힌다. 동정이라는 이름을 가진 감정의 무시무시한 무게 때문에 토마시의 삶은 가벼움에서 무거움으로 전환되어 버리고, 토마시와 테레자는 결국 무거움의 지표 아래서 살다가 죽게 된다. 최후의 순간에 가서야, 질투와 집착의 화신인 테레자조차 그것의 덧없음을 깨닫고 조금은 가벼움에 이르게 될지라도.

✳

　　나는 쿤데라 소설의 또 한 명의 주인공, "참을 수 없는 존재의 가벼움"이라는 제목에 진정으로 걸맞은 캐릭터인 사비나라는 여인을 떠올린다. 극단적 가벼움의 화신인 그녀. 화가인 그녀는 토마시와 "에로틱한 우정"의 관계를 맺고 있었던 여성이다. 진지한 사랑과 우정 사이, 자유로운 우정 속에서 서로 성적인 기쁨도 주고받는 제3의 관계. 그녀는 토마스의 애인이 된 테레자를 위해 일자리를 알아봐 주고, 심지어 둘이 있을 때 테레자의 누드 사진을 찍기도 할 정도로 에로틱한 우정의 원칙을 잘 지킨다.

　　그녀는 끊임없이 배반의 황금나팔 소리를 좇아 누군가를 배신하고 떠나가는데, 유일한 예외가 바로 토마시다. 토마시는 그녀에게 아무것도 요구하거나 억압하거나 강요한 적이 없었고, 따라서 토마시를 배반할 이유도 없었던 것이다.

　　그녀는 아버지를, 첫 번째 남편을, 조국을 배반하고 떠난다. 그녀를 유혹한 것은 정조가 아니라 배반이었다. 가혹하고 억압적인 아버지, 어릴 적 남자친구와 사귀지 못하게 한답시고 일 년 동안이나 외출을 금지한 아버지, 공산주의식 리얼리즘 미술만을 강요한 학교, 공산주의식 구호와 음악과 행진을 강요한 조국. 아버지와 조국 체코는 그녀에게 사실상 하나의 아버지였다. 그녀는 아버지를 배반하기 위해 아버지가 반대하는 얼치기 배우와 결혼했고, 아버지가 죽자 그 남자를 배반하고 떠난다. 그리고 체코의 68혁명이 실패하고 소련군

우연의 생 ─ 김운하 에세이

181

의 탱크가 점령하자, 그녀는 결국 소련이 되어버린 체코를 배반하고 스위스로 망명을 떠났다. 뒤이어 그녀는 자신을 열렬히 사랑하게 된 순진한 철학자 선생 프란츠를 배반하고 다시 미국으로 도망간다.

✳

배반이란 무엇인가? 그녀에게 배반의 의미는 무엇인가? 그것은 떠나는 것이다. 줄 지어 행진하는 행렬을 이탈해 버리는 것이다. 이탈하여 미지의 세계로 떠나는 것이다. 사비나에게 이탈을 통해 미지로 향하는 것보다 더 매혹적인 것은 없다. 그것은 사랑처럼 강력한 악마의 유혹이다. 파우스트를 매혹시키고 굴복시킨 메피스토펠레스의 달콤한 유혹이다. 매번 배반을 할 때마다, 새로운 배반은 악덕처럼, 승리처럼 그녀를 유혹했던 것이다. 금기를 위반하는 데서 느낄 수 있는 사악한 위반의 쾌락과 도취감이 매번 그녀를 새로운 배반으로 이끌었다.

배반의 황금나팔 소리, 그것은 토마시가 동정의 무게에 저항하지 못한 것과 마찬가지로, 그녀가 결코 저항할 수 없는 세이렌의 노랫소리였다.

그것은 동시에, 그녀가 더 가볍고 자유로워지기 위해 마치 수직 낙하 운동 중에 자의적으로 대열을 이탈하는 원자처럼, 스스로 클리나멘을 실행에 옮기는 것이기도 했다.

그러나 배반의 끝은 없을까? 언제까지, 어디까지 배반할 수 있는가? 그 배반은 그녀를 어디로 데려가는가? 가벼움의 끝엔 무엇이 기다리고 있는가? 그녀는 결국 자기 자신마저 배반해야만 할 것이었다. 자기 자신을 깎고 또 깎아내어 먼지 부스러기만 남을 때까지, 존재의 무게를 덜고 또 덜어내기.

그리하여, 그 가벼움의 끝에는 끔찍한 공허와 외로움만이 타고 남은 재처럼 남게 될 것이다.

그녀는 낯선 외국 땅에서, 마음 줄 곳도 줄 사람도 없는 그곳에서, 혼자 남은 채 고독과 외로움에, '참을 수 없는 존재의 가벼움'에 직면한다. 그녀는 그 낯선 미국 땅에 묻히는 것조차 두려웠다. 관속에 갇힌 채 대지의 무게에 짓눌리는 것이. 그녀는 가벼움의 분위기에서 죽고 싶었고, 그래서 시신을 화장하고 재를 뿌려 달라는 유언장을 작성한다. 먼지가 되어, 공기보다 더 가볍게 허공을 떠돌게 될 것이다.

그러나 이런 가벼움은 과연 긍정적인 것일까? 무거움에서 가벼움으로 전환된 그녀의 삶은? 또 가벼움에서 무거움으로 전환된 토마스의 삶은 부정적인 변화인가? 토마시와 사비나의 삶의 의미는 어디에 있는가?

우리는 여기서 다시 참을 수 없는 존재의 무거움과 또 그만큼 참기 어려운 존재의 가벼움의 패러독스를 발견한다.

✴

고대 그리스의 철학자 파르메니데스는 이 세상을 이분법적으로, 서로 반대되는 것의 쌍으로, 모순되는 것의 양립으로 파악했다. 세상은 존재 – 비존재, 빛-어둠, 두꺼운 것 – 얇은 것, 뜨거운 것-차가운 것 같은 대립 쌍들로 이루어져 있다. 그는 이 모순의 양극단을 긍정적인 것과 부정적인 것으로 구분했다. 그는 존재, 빛, 뜨거운 것, 얇은 것을 긍정적인 것으로 보았다.

그리고, 가벼움과 무거움의 쌍 가운데 가벼운 것을 긍정적인 것으로, 무거운 것을 부정적인 것으로 파악했다.

✴

밀란 쿤데라는 영겁회귀하는 것, 반복되는 것과 일회적인 것의 쌍에서 전자를 무거움으로, 후자를 가벼운 것으로 생각한다. 우리 삶의 매 순간이 영원히 똑같이 반복되어 돌아온다면, 즉 삶이 영겁회귀하는 것이라면, 매 순간은 단순한 몸짓 하나조차도 무거운 책임의 짐을 떠맡게 되고, 동시에 너무 많은 의미로 가득 차게 된다. 니체는 영겁회귀야말로 '가장 무거운 짐'이라고 말했다.

반면에, 만일 우리의 이번 생이 유일하고 최초이자 마지막이며, 결코 되풀이되지 않는 단 한 번만 주어진 생이라면 어떻게 되는가? 토마스와 테레자, 사비나, 그리고 당신과 나의 삶조차도, 어떻게 살아가건 매 순간은 유일무이한 순간이며, 다시는 반복할 수 없는 단 한 번의 순간이라면?

콘데라는 말한다. "짐이 완전히 없다면 인간 존재는 공기보다 가벼워지고 어디론가 날아가 버려, 지상의 존재로부터 멀어진 인간은 겨우 반쯤만 현실적이고 그 움직임은 자유롭다 못해 무의미해지고 만다."

다시 말해, 단 한 번 뿐인 생을 사는 우리 모두의 삶은 깃털처럼 가볍고, 무의미하다. 소설 속에서 토마시는 테레자를 처음 만나 며칠 밤을 보낸 후, 창가를 바라보며 테레자를 불러야 할 것인가 고민하다 결국 어떤 결정도 내리지 못했다. 그럴 수밖에! 그 순간은 처음 맞아보는 순간이며, 따라서 사람이 무엇을 희망해야 하고 무엇을 선택하는 것이 올바른 희망이며 올바른 결정인지를 아는 것은 불가능하기 때문이다. 전생에 대한 기억도 없고, 따라서 비교 대상조차 없다. 생의 앞날에 어떤 우연의 새들이 자신의 어깨 위에 날아와 앉을지는 결코 알 수 없다.

토마시는 독일 속담을 되뇐다. einmal ist keinmal. 한 번뿐인 것은 전혀 없었던 것과 같다. 한 번만 사는 건 전혀 살지 않는 것과 마찬가지다.

＊

첫 번째 결론, 한 번밖에 살지 않는 우리의 삶은 존재론적으로 무의미하다.

무의미하기 때문에, 우리는 참을 수 없는 존재의 가벼움으로 괴로워한다.

두 번째 결론, 근본적으로 무의미한 삶에서 진지하고 심각하게 삶을 사는 것은 오히려 삶을 더 한 편의 우스꽝스런 희극으로 만들고 만다.

인간의 삶은 근본적으로 희극적인 것이다.

오이디푸스 왕의 비극 같은 비극은 인간에게 장엄한 위엄과 의미를 부여하는 듯하지만, 그 비극을 한 꺼풀 벗겨내어 멀고 높은 시선, 즉 신의 관점 혹은 운명의 관점에서 보자면, 그는 그저 운명이 장난에 노리개로 놀아난 희극적인 꼭두각시였을 뿐이다.

제 29 장

___ 나자

햇살이 좋은 봄날, 나는 작은 책 한 권을 들고 마당에 내놓은 의자에 앉았다. 책을 읽기 시작한 지 얼마 되지 않은 때, 놀러 나갔던 고양이가 어디선가 불쑥 나타나 내 무릎 위로 훌쩍 뛰어오른다.

"어딜 그렇게 돌아다니다 오는 거니?"라는 내 질문에 대답 대신 몸을 둥글게 말고는 갸르릉 소리를 낸다. 다리를 접고 앉아있는 내 몸이 푹신한 침대라도 되는 듯이.

나는 고양이 머리를 쓰다듬으며 책을 읽는다.

프랑스 초현실주의 시인 앙드레 브르통의 『나자Nadja』라는 소설.

허구가 아닌, 실제 자신이 경험했던 사실에 근거한, 그러나 기
묘한.

＊

1933년 6월, 프랑스의 시인 앙드레 브르통과 폴 엘뤼아르는
초현실주의 잡지 『미노토르Minotaure』의 창간호를 내면서 독자들에
게 두 가지 의외의 질문을 던졌다.

"당신의 인생에서 가장 중요한 만남은 무엇이었다고 생각하십니
까? 또 그 만남이 어느 정도까지 우연이라고, 혹은 운명적인 만
남이었다고 생각하십니까?"

아마도, 브르통은 분명 그에게 깊은 영향을 미쳤던 한 여성, 나자를
떠올리며 그런 질문을 던졌으리라.

삶의 행로를 급격히 바꾸고, 삶뿐만 아니라 정신과 내면까지
영원히 예전으로 돌아갈 수 없게 만드는 우연이 있다.

에피소드. 소설에서 중심 이야기의 곁가지처럼 잠깐 등장하
는, 그래서 그것이 부재해도 소설의 주제와 중심 플롯에는 거의 영
향을 미치지 않는 사소한, 스쳐 지나가는 일화.

생에도 그런 사소한, 별것 아닌 우연한 사건, 금세 잊히고 말
에피소드 같은 만남들이 있다. 반면에 한 인생 전체가 한 권의 소설

이라면, 한 생의 주제, 운명이 되어버리는 우연한 만남이 있다.

그러나 우연한 만남의 첫 시작 단계에서는 그 만남의 우연이 에피소드에 불과하게 될지, 혹은 중심적인 주제 사건, 그것 없이는 생의 이야기가 중심 없는 에피소드의 나열에 불과하게 될 그런 우연인지를, 우리는 결코 알 수 없다.

앙드레 브르통이 우연히 나자를 처음 마주친 순간, 그 순간 역시 그러했다.

1926년 10월 4일, 브르통은 파리의 라파예트가 주변을 정처 없이 거닐며 거리를 오가는 하층 계급처럼 보이는 사람들을 관찰하면서 상념에 빠져 들고 있었다. 그러던 어느 순간, 그는 우연히 반대편에서 마주 걸어오는 한 여성을 발견한다.

그녀가 바로 실제 인물, 그 소설의 주인공인 나자였다.

가냘픈 몸매에 가난이 훤히 드러나는 보잘것없는 옷차림이었지만, 나자는 다른 행인들과 달리 고개를 반듯이 들고 있고, 눈가를 아주 검게 칠했지만 화장은 하다 만 것 같은, 그래서 특이하고 강렬한 인상을 주는 여인이었다.

군중들 틈에서 마치 갑자기 공허에서 출현한 듯한 신비로운 인상에 브르통은 마치 주술에 걸린 듯 자기도 모르게 그녀에게 다가가 말을 걸고, 둘은 대화를 나눈다. 그렇게 그들의 기이하고 초현실적인(?) 만남이 시작된다.

"당신은 누구인가요?"라는 브르통의 물음에 그녀가 답한다. "나는 방황하는 영혼이지요."

＊

그녀가 선택했던 이름 나자Nadja는 러시아어로 '희망'을 뜻하는 단어의 어원이라고, 나자 스스로 설명한다. 그녀는 다른 도시에서 파리로 올라와 있었고, 초라한 일들로 전전하고 있는 가난한 여인이었다.

브르통과 나자는 첫날의 우연한 만남 이후 사흘이 멀다 하고 카페에서, 거리에서, 전철에서 끊임없이 대화를 나눈다. 그들은 연인은 아니었다. 고작 반년 정도 지속된 만남의 과정에서 둘 사이는 대화에서, 약속에서, 늘 어긋나곤 했다.

브르통이 나중에 스스로 말했듯, 나자라는 이름은 일종의 사랑의 개념, 초현실주의가 추구하는 미학적 사랑의 추상 개념 같은 종류의 것이었다.

둘 사이의 관계는 결코 순탄하지 않았다. 약속과 대화는 늘 어긋나기 일쑤였고, 그녀의 예측 불가능한 행동은 그를 화나게 하고 당황시키곤 했다. 나자의 독특하고 신비로운 개성, 현실과 꿈의 경계에서 오가는 듯한 말과 행동들, 그녀가 가끔씩 그려주는 몽환적이고 초현실적인 이미지들, 그런 것이 초현실주의 시인을 매료시켰다.

그녀의 매혹은 일종의 광기에서 비롯된 것일 수도 있었지만, 오히려 바로 그런 면이 시인의 이성을 당혹케 하고, 마치 살아 움직이는 초현실을 마주하는 듯한 이미지를 떠올리게 했던 것이다.

앙드레 브르통은 나자를 통해 현실의 시간이 미묘하게 클리나멘적 일탈로, 시간의 어긋남으로, 균열로 찢어지는 것을 보았는지도 모른다. 그리고 그러한 만남을 통해 브르통은 다시 한번 "나는 누구인가?"라는 질문을 던지게 되었던 것이고.

✳

브르통의 소설엔 많은 사진들이 페이지를 채우고 있고, 나자가 그에게 그려준 초현실적이거나 몽환적인 각종 그림들, 평범하고 허구적인 이야기의 플롯을 무시한 전개, 사실과 허구의 경계를 모호하게 만드는 특이점들로 가득하다.

● 1902년에 태어난 나자의 본명은 레오나 들라쿠르Léona Delacourt였다. 그녀는 브르통에게 신비한 이미지의 그림을 여러 장 그려주었는데, 이 그림도 그중의 하나. 그림 제목은 "연인의 꽃La fleur des amants"

현대 문학은, 늘 자신을 위반하고, 배반하고, 전복하는 클리나멘적 형태로 스스로의 미학적 존재가치를 드러내 왔다.

소설, 문학, 글쓰기는 그 자체가 하나의 클리나멘적 움직임이다.

마치 우연하게 만난 나자라는 여인이 가끔 신비로운 예언 능력을 보여주기도 하지만 혼란스럽고, 제멋대로이며, 끔찍하게 가난하면서도 구애받지 않는 자유로움과 활달함, 아름다운 미소로 사람들을 매혹시키듯, 또 자신의 기이한 광기로 세상의 관습과 도덕률에서 일탈해 버리듯이.

앙드레 브르통은 무의식을 문학화하기 위해 자동기술법을 고안했다.

언어 속에서 우연이 춤추게 하기.

나자라는 이름은 초현실주의 문학 언어의 기표가 되었다.

제 30 장

___ 목련

길을 걷다 문득 고개를 드니, 흐드러진 목련꽃들 사이로 보이는 한 개 희디흰 조각달.

아스라한 달빛 아래 황홀한 아름다움으로 피어난 목련꽃들.

그 아득한 순간의 절경에 나는 잠시 넋을 잃는다.

아찔한 봄날 밤의 관능, 그 아름다움이 왜 서럽게만 느껴질까.

모든 매혹하는 아름다운 것들엔 설움이 담겨 있다.

기다림, 부재, 추억과 갈망으로 잠식된.

제 31 장

____ 클리나멘 3

캐나다 출신의 피아니스트 글렌 굴드는 통상적인 클래식 연주자와는 너무나 다른 기행과 낯선 연주 방식으로 자주 구설수에 오르곤했다.

그는 연주자로서 한창 세간의 떠들썩한 주목을 받던 서른두 살 때인 1964년, 돌연 예정되어 있던 모든 공연 연주를 취소하고 사실상 칩거 상태에 들어갔다. 그해 이후 그는 1982년 사망하는 날까지 단 한 번도 청중들이 모인 연주회장엔 모습을 드러내지 않았다.

음악을, 연주를 영원히 내려놓은 건 결코 아니었다.

무대 공포증 때문도 아니었다.

청중들이 가득 찬 공연장에서 연주를 하는 건 그에겐 마치 자신이 버라이어티 쇼에 나오는 우스꽝스런 배우가 된 듯한 고통을 느끼게 했던 것이다.

글렌 굴드는 자신의 공적인 삶에 회의를 느꼈다. 그는 부산한 시간의 흐름 속에서 내면의 음악을, 감탄하는 능력을, 그리고 창의력마저 잃어버린 듯한 좌절감에 빠졌다.

그는 영혼 깊은 속에서 고독을 갈망했고, 정적을 요구했다.

1964년, 모든 공연을 취소한 글렌 굴드는 캐나다의 위니펙과 처칠을 연결하는 머스케그 익스프레스 열차를 타고 매니토바주 대평원을 횡단하는 혼자만의 길고 고독한 여행을 떠났다.

그 고독한 여행은 나중에 그가 '세계로부터의 철수'라는 주제로 기획하고 만든 3부작 다큐멘터리로 결실을 맺었다. 이름하여 '고독 3부작'이라는 라디오 다큐였다. 1부 「북쪽에 대한 생각The Idea of North」에서 그는 "오래전부터 툰드라와 타이가가 빚어낸 믿기 힘들게 아름다운 풍광에 크게 매료되었다."라고 말한다. "나는 내가 필요해서 아웃사이더로 남았다. 북쪽은 언제나 꿈을 꾸게 만들고, 때때로 관련된 이야기를 풀어놓게 하고, 무엇보다 내가 숨기에 적절한 곳이었다."

그는 야생의 대지에 어린 정적과 고독을 사랑했고, 그 고독은 그의 영혼을 치유하고 내면에 과거와는 다른 음악적 상상력과 삶에 대한 깊은 성찰을 이끌어내 주었다.

고독 속으로 은둔하기.

고독으로의 클리나멘 운동.

1981년 글렌 굴드는 같은 곡을 두 번 녹음하지 않는다는 자신의 철칙을 깨고 그를 세상에 널리 알렸던 세바스찬 바흐의 「골드베르크 변주곡」을 다시 녹음한다.

1955년, 스물세 살 때 녹음했던, 청춘다운 패기와 활력, 속도로 열정적으로 연주했던 녹음과는 너무나 판이한 연주였다.

1955년 녹음에 비해 20분 이상 길어진 연주 시간, 느린 템포, 오랜 고독과 성찰이 빚어낸 섬세하게 정적이면서도 듣는 이의 내면 가장 깊은 곳을 아득히 감싸는 듯한 연주. 신경을 흥분시키는 아드레날린을 순간적으로 분출시키는 것이 아니라 오히려 조금씩 일생동안 설레는 놀라움과 차분한 평온의 심적 상태를 구축하여 나가는 데 예술의 목적이 있다고 말한 자신의 예술관을 피아노 건반의 울림으로 전해주는 듯한 연주.

글렌 굴드는 1981년의 그 녹음이 마치 유언이라도 되는 듯, 이듬해인 1982년에 영원한 고독의 안식으로 들어갔다.

제 32 장

___ 포토스

나는 왜 밤마다 깨어 있기를 갈망하는 것일까? 갈망이 결핍과 부재의 원근법이라면, 나는 그러한 원근법으로 무엇을 보려고 하는 것일까? 침묵하는 밤의 순수한 무한성, 그 다가갈 수 없고 실현될 수 없는 사이렌적인 매혹, 그 불가능한 다가감의 언저리에서 나는 어떤 볼모의 약속을 기대하는 것일까?

나는 밤마다 부재하는 어떤 사랑에 대한 갈망으로 몸을 뒤척인다.

밤을, 하얗게 새운다.

＊

　우리는 살아서 부글부글 끓고 있는 붉은 욕망덩어리 자체다. 욕망의 힘에 비하면, 이성은 질주하는 기관차에 올라탄 무임 승차객이나 다름없다. 욕망은, 오랜 세월, 분출할 때를 기다렸다 마침내 산의 봉우리를 꿰뚫고 시뻘건 용암과 불기둥을 내뿜으며 폭발하는 활화산이다.

　우연의 신 티케 여신이 심술 혹은 자비를 베풀어 우리에게 그 잠자던 화산을 활짝 열어젖혀, 욕망이 산을 폭파하고, 하늘을 검게 물들이고, 주변 대지를 검붉은 용암으로 뒤덮게 한다.

　문학은 에로스의 욕망, 그 탐욕적이고 게걸스런 욕망의 치명적인 위험을 즐겨 다루어 왔다.

　스콧 피츠제럴드의 개츠비는, 우연히 참석한 파티에서 아리따운 낭랑 십팔 세 데이지와 사랑에 빠진다. 그러나 그녀와 결별하고 그녀가 다른 남자와 결혼한 후에도 그 사랑을 잊지 못해 다시 되찾으려다 파멸한다.

　플로베르의 보바리 부인은 지리멸렬한 시골 의사 부인의 역할에 권태와 환멸을 느끼고, 삼류 통속소설에서 읽은 감상적인 멜로드라마의 환상에 자신의 욕망을 흠뻑 적신다. 그 후 우연의 여신이 던진 로돌프라는 나쁜 사내의 유혹의 미끼를 덥석 물고, 끝내 죽음이라는 운명의 첫 발걸음을 뗀다.

　오, 에밀 졸라의 슬픈 주인공 테레즈 라캥은 또 어떤가? 한창 욕망에 들끓을 나이에 병약한 남편 카미유와 엄격하고 지긋지긋한 고모 아래서 고통받다 우연히 카미유가 데리고 온 로랑, 어깨가 딱 벌어지고 손이 짐승 같은 사내 로랑을 발견하는 순간, 그녀의 뱃속에서 억눌려 있던 욕망이 터져 나오고, 그렇게 분출한 욕망은 모든 인물을 비극적 파국의 운명으로 이끌고 만다.

＊

에로스의 화살은, 그것이 누군가를 겨냥하여 발사되고 나면, 욕망이 불길처럼 일어나는 것을 누구도 피할 수 없다. 고대 그리스인들은 그 사실을 잘 알았기에, 사랑의 여신 아프로디테로 하여금 그녀를 보좌하고 돕는 여러 명의 사랑의 신들을 거느리도록 만들었다.

사랑의 신들, 에로테스들.

에로스와 히메로스, 그리고 포토스. 사랑의 삼형제.

우리가 사랑에 빠질 때, 우리를 포획해 버리는 악착같은 삼각 편대.

이 날개를 단 사랑의 신들은 모두 정념과 관계 있으면서도, 각기 독특한 개성을 자랑한다.

에로스는 그 운명의 화살로 누군가가 미칠 듯한 사랑에 빠지게 한다.

히메로스는 현존하지만 지금 함께 있지 않기 때문에 갈망하게 만드는 정념의 신이다. 테레즈 라캥이 로랑과 정사를 한 번 나눈 후에, 그를 잊지 못하고 밤마다 그를 갈망하게 하고, 그리워하게 만드는 신.

히메로스야말로, 진정 욕망의 신이다. 성적인 욕망의 신.

그런데 포토스는 성격이 독특하고, 그 본성에 대해서도 논란이 있는 모호한 신이다. 나는 『릴케의 침묵』이란 책에서 히메로스와 포토스의 성격에 대해 이미 논했던 바 있다.

롤랑 바르트, 파스칼 키냐르도 이 포토스에 대해 논했지만, 분명한 사실은 포토스는 히메로스와 달리 부재하는 존재에 대한 미칠 듯한 그리움과 갈망과 관련이 있다는 것이다.

나는 이제, 포토스를, 가장 잔인하고, 가장 인간적이며, 가장 끔찍하게 우리를 고통, 즉 파토스에 빠뜨리는 신이라고 묘사하려 한다.

그가 잔인한 이유는, 결별 후에 찾아오는, 심지어 사랑하는 이의 죽음 이후에도 우리를 사로잡아 갈망하게 하는, 되돌릴 수 없는 현실을 전제하고 있기 때문이다. 오르페우스가 뱀에 물려 죽은 에우리디케를 미친 듯이 갈망하며 하데스로 내려가게 만든 그 갈망.

그가 인간적인 이유는, 히메로스의 성적인 갈망을 초월한, 기억과 추억이라는 인간적인 감정을 자양분으로 삼기 때문이다.

그가 가장 끔찍한 이유는, 끝내 오르페우스가 에우리디케를 되찾는 데 실패한 후, 죽음에 이르는 고통에 빠지듯, 영원한 결별을 알고 있음에도 갈망하고 또 갈망하게 만들기 때문이다.

포토스는 죽음에 이르는 병, 지옥에 빠진 오르페우스다.

에로스가 생의 욕망이라면, 포토스는 타나토스, 죽음의 욕망
이다.

＊

우리는 사랑을 잃고 번민한다. 꿈에서조차, 포토스는 우리를
찾아와 괴롭힌다.

에로스의 화살을 맞은 자들은, 에로스가 포토스를 동반하고
있음을 망각해선 안 된다.

사랑이 악마의 유혹인 것은, 에로스 때문이 아니라, 포토스 때
문이라는 걸 잊지 말아야 한다.

＊

마르셀 프루스트는, 사랑은 소통의 불가능성을 속속들이 드러
내는 어떤 것이라는 절망감을 토로한 적이 있다.

아무리 가까운 사이라 해도, 타인의 내면을 온전히 다 이해할
순 없다. 나뭇잎의 미묘한 변화가 축적되어 마침내 색이 확연하게
변한 후에야 가을이 성큼 다가왔음을 깨닫게 되듯이, 겉으로 드러
나는 사소한 행동의 변화를 눈치 챘다고 하더라도 발화되는 언어나
명료한 행위를 통한 선언이 아니라면 미묘한 내면의 변화에 대한

201

섣부른 추측이나 예단은 어리석은 지레짐작에 그칠 뿐이다.

크고 작은 사건들의 연속인 삶 속에서 내면은 끊임없이 파문을 일으키고, 그러한 파문이 그려내는 문양들을 타인은 결코 이해할 수 없다. 우리는 단지 두 개의 평행선이 무한한 과정 속에서 언젠가는 교차할 수 있으리라는 희망만을 볼 수 있을 뿐. 반면에 완벽한 투명 거울은 타자성을 완전히 제거해 버림으로써 관계를 동일성 속에서 사라지게 만든다. 적정 거리를 계측하고 거기에 호흡을 맞추기란 불가능하며, 한계선만을 어느 정도 획정할 수 있는 가능성만을 가질 수 있다. 추시계가 추가 중력의 힘에 의지하여 진동하듯 관계 속에서 중력의 역할을 해주는 것은 일종의 근거 없는 믿음일 뿐일지도 모른다.

타자의 불가해성을 긍정하고 비록 근거가 미약할지언정 관계에 대한 믿음을 확고하게 지닌다고 하더라도, 내면의 불안은 좀체 가시지 않는다. 또 이러한 불안이야말로 관계를 묶어주는 매듭이기도 하여, 각 내면들이 만들어 내는 파문은 서로 겹치거나 어긋나면서 영원토록 일렁인다.

✳

그러나 여기에서 어떤 역설을 발견하게 된다. 각 내면이 만들어 내는 파문의 어긋남, 비켜남, 소통의 불가능성이 밝혀 주는 타자의 영원한 타자성이야말로 역설적으로 사랑의 열정을 강화시키고 지속시키는 토대가 된다는 사실이다. 에로스적 열정이 갈망하는 완전한 합일은 오히려 간격을 제거함으로써 타자를 나 자신과 다름없는, 구별 불가능한 단일성으로 추락시키고 만다. 대화는 독백 속으로 빠져들게 되고, 사랑은 더 이상 모험도 갈망도 없이, 신비와 부재로 인한 갈망, 즉 포토스마저 잃어버린다.

포토스는 고독의 절박함이며, 갈망의 절박함이다. 사랑하는 이의 영원한 타자성, 소유될 수 없고, 정복될 수 없고, 합일될 수 없음의 고백이며, 그러한 간격들로 인해 우리는 사랑의 열정에 다시 한번 굴복하고 붙박이게 된다.

마르셀 프루스트가 『잃어버린 시간을 찾아서』의 긴 여정 속에서 궁극적으로 발견한 사랑의 진리가 바로 이것이었다.

＊

그러므로 포토스와 관련해 결론적으로 이런 명제가 가능하다. 우리는 소통에 실패함으로써 사랑에 성공한다. 포토스의 부재는 열정의 부재로, 사랑의 종말로 이끈다.

포토스는 지옥이자 천국이다.

사랑에 빠진 이들만이 누릴 수 있는 악마적인 특권.

제 33 장

____ 부재의 이름

영원한 결별, 무엇으로도 메울 수 없는 상실, 이런 것들에 관한 이야
기에는 마음 깊은 곳을 후벼 파는 아뜩한 어떤 것이 있다. 그런 종류
의 상처는 생명을 가진 모든 것들이 치러야 할 생의 근본 조건에 해
당한다. 어떤 정치도, 어떤 사회 시스템도 그런 실존적인 심연을 메
워 줄 수 없다.

그런 것들은, 진정 현기증 나는 심연들이다.

심연. 아비소스abysos . 바닥이 없는.

그렇다. 심연에는 바닥조차 없다.

바닥조차 없기에, 그것은 가장 고통스런 형벌이다.

우리는 모두 무서운 심연 위를 떠도는 작은 먼지 조각들이다.

호메로스는『오디세이아』에서 신들은 인간들이 이야기하도록 하기 위해 끊임없이 불행을 내려보낸다고 썼다.

나는 존재의 불행에 대한 그러한 미학적 정당화가 가능한지 어떤지는 잘 모르겠다. 울부짖는 욥이 끝내 얻어내지 못했던 답변들은 여전히 미궁인 채로 남아있을 뿐이다.

누군가는 예술의 존재론적 의미를 애도에서 찾았다. 마치 오디세우스가 자신의 모험담을 노래하는 음유시인의 노래를 듣고서야 눈물을 흘리며 자신의 존재 의미를 알게 되듯이, 우리는 기억과 애도를 통해 비로소 지나간 시간들이 우리에게 무엇을 예비해 놓았는지 깨닫게 되는지도 모른다.

삶은 끊임없는 상실들과 애도들로 채워지고, 우리는 묵묵히 다시 살아간다.

우리는 다시 울고, 웃고, 사랑하고 슬퍼하며 살아간다.

우리의 상처 위로 시간이 눈송이처럼 켜켜이 내려앉고, 어쩌면 우리 것이 아닐지도 모를 꿈일지라도 잠든 밤의 반짝이는 은하수가 되어 우리에게 흘러들어오고, 빛바랜 사진 같은 흐릿한 이미지들이 우리가 머무는 장소들을 부드럽게 감싼다.

멀거나 가까운, 낯설거나 친숙한, 내밀하거나 노골적인, 섬세하거나 투박한 그 모든 삶의 노래들이 심연 위의 공허를 가득 채운다.

그럼에도 불구하고, 우리는 부재의 형식에 익숙해지진 않는다.

우리에게 부재란 이름은, 언제까지나 낯선 이름으로 남는다.

제34장

림노스섬의 필로스트라투스

로마 제국 시대, 림노스 출신 수사학자 필로스트라투스는 서기 3세기 사람이다. 신화를 주제로 한 회화를 설명하는 그의 짧은 책『이미지들Imagines』은 오늘날까지 전해지고 있다.

그 책에서 그는 이렇게 썼다.

"에로스(사랑)의 동반자인 히메로스(욕망)가 내 눈을 가득 채워, 금방이라도 넘쳐흘러 내릴 것만 같구나."

그는 카라칼라 황제의 어머니 율리아 돔나를 위해 여러 권의 책을 썼다. 그녀는 아들 카라칼라가 로마 군대에 암살당하자 자살로 생을 마감했다.

제 35 장

_____ 결정 작용

스탕달, 아니 앙리 벨이 마흔이 조금 넘은 1826년 알바노 호수 위쪽에 있는 프란체스코 수도원에 머물고 있던 어느 날, 수도원에 딸린 정원 벤치에 앉아 여러 가지 상념에 젖어 있었다.

햇살이 환했고, 주변 나무들에서는 새들이 지저귀는 소리가 들려왔다.

마치 삶을 축복하는 듯 화창한 날, 그러나 그는 외로움을 느꼈고, 그래서 마음이 오히려 울적해졌다.

그는 지나간 날들 속에서 그가 한때 사랑했던 여인들, 그가 받은 상처들, 아름다웠던 순간들을 다시 하나하나 헤아려 보기 시작했다. 그는 늘 들고 다니는 지팡이로 땅바닥에 자신이 사랑했던 여인들의 이니셜을 느릿느릿 쓰기 시작했다. 모두 열두 명의 여인들. 그러나 어떤 여인은 벌써 성만 기억날 뿐 이름조차 기억나지 않았다.

바로 일 년 전에 너무 젊은 나이에 세상을 떠나버린 마틸데를 생각하니 가슴 한편이 다시 무너지는 듯했다. 삶의 허무가 폐부를 찔러댔다.

너무 아픈 기억으로부터 달아나려는 듯 그는 서둘러 다른 사랑에 대한 기억을 더듬거려 찾았다. 1800년 그가 열여덟 살이던 어린 나이에 나폴레옹군에 들어가 알프스산맥의 그 험준한 그랑 생베르나르 고개를 넘었던 일, 그리고 그가 평생 사랑했던 도시 밀라노에 입성한 후, 그곳 유곽들에서 처음으로 남자가 되었던 일, 그리고 그의 첫사랑 안젤라 피에트라그루아에 바친 열정. 그날 이후부터 지금까지 그가 만나고, 사랑했고, 슬픔과 실망 속에서 결별했던 여인들.

그는 사랑을 인생 최대의 사업이 아니라, 인생 유일의 사업이라고 늘 생각해 왔다. 그러나 당시 그의 곁엔 아무 사랑도 없었고, 고독과 외로움만이 노래하는 새들의 위로를 받고 있었다.

자신도 모르게 한숨이 나왔다.

그 모든 뜨겁던 사랑들은 다 어디로 갔는가?

또 그 사랑들은 얼마나 쉽게 깨지고 파괴되어 버렸던가?

온 세상을 불태울 것만 같았던 나의 열정, 나의 낭만은 어디로 갔는가?

먼지처럼 흩어져 간, 늦가을 땅바닥에 뒹구는 낙엽처럼 스러져 간 날들. 마치 조롱하듯 그의 희망과 노력, 기대를 무참하게 짓밟은 생이 그와는 처음부터 어울리지 않았다는 쓸쓸한 생각으로 그의 마음은 무거워졌다.

그는 자신이 벌써 너무 늙어버린 것 같고, 이젠 그저 삶을 버티며, 에밀 시오랑이 그랬듯, 자살을 유예하기 위한 유일한 방책인 것처럼, 자신이 의지하며 짚고 다니는 지팡이처럼, 글쓰기만이 취후의 열정으로 남아있는 것처럼 느껴졌다.

몇 년 후, 앙리 벨은 『적과 흑』을 쓰게 될 것이었지만, 온 영혼을 다해 쓴 그 작품조차도 과거의 사랑이 그랬듯, 그의 희망을 배반하게 될 것이었다.

＊

스탕달은 『연애론』에서 두 가지의 사랑의 결정 작용을 말했다. 그는 벤치에 앉아 몇 년 전에 썼던 그 책의 문장들을 다시 떠올려 보았다. 사랑이 탄생하는 최초의 순간에 찾아오는 첫 번째 결정 작용-crystallization.

그것은 일종의 이미지 작용이다. 얼굴의 얽은 자국마저 사랑스런 보조개로 보게 만드는, 심리적 도취와 미화, 대상의 우상화 작용. 눈먼 욕망의 단계.

그리고 두 번째 결정 작용의 단계가 찾아온다. 욕망이 이성적 눈밝음을 통해 상대의 단점과 결함, 조화되기 어려운 차이들까지 모두 보고 경험한 후에도, 그럼에도 불구하고 다시, 그 모든 차이와 결함에도 다시 뜨겁게 사랑하기로 결심하면서 일종의 자기 최면을 걸듯 평범한 소금에 크리스털의 영롱한 반짝임을 덧씌우기. '그/그녀가 내게 주는 기쁨은 이 세상에서 오직 그/그녀에게서만 가능한 것이다.'는 깨달음 이후에야 찾아오는 사랑의 기쁨.

그것은 우연을 필연으로, 그 사랑을 자신의 유일한 사랑으로, 내적인 운명으로 받아들이는 결단이다.

욕망과 감정을 넘어, 과거와 현재, 미래의 생 전체로 기투하는 의지적 행위다. 욕망의 단계를 넘어 이성과 조화를 이루는 사랑, 스탕달은 그런 사랑의 단계야말로 진정으로 '성숙한 사랑'이며 열정적인 사랑이 완성을 맺는 단계라고 이해했다.

＊

그러나 스탕달은 다시 생각한다. 자신에게는 오직 불행한 운명만이 따라다녀, 자신의 사랑이 두 번째 크리스털에 도달한 적이 없었노라고. 혹은 자신의 미성숙이 사랑을 욕망에서 욕망으로 끝없이 이동하게 만들었다고.

그는 『연애론』에서 첫 번째와 두 번째 사이의 크리스털 작용 사이에 놓인 '심연'을 언급했다.

바로 '의혹의 단계'였다.

나는 덧붙여 '의혹과 시련의 단계'라고 부르고 싶다.

그 단계는, 지질학에서 말하는 '캐즘Chasm'과도 같은 균열의 단계다. 지면이나 바위 따위에서 발견되는 길게 갈라진 틈이나 균열, 틈새.

눈에 두텁게 씌었던 사랑의 콩깍지가 벗겨지면서, 낭만적인 환상의 베일이 벗겨지고, 적나라한 현실 속에서, 마치 황야에서 벌거벗은 채 마주서게 되는 것과도 같은 노골적인 현실성이 두 연인을 아연실색하게, 경악하게 만든다.

보조개처럼 보였던 얽은 자국들이 드러나고, 수긍하거나 참아낼 만하던 차이들이 더 이상 견딜 수 없는, 결코 메워질 수 없는 심연과도 같은, 마치 대규모 지진으로 쩍쩍 갈라지고 찢어진 대지의 균열처럼 느껴진다. 과거의 이런저런 과오들이 생각하면 할수록, 용납하기 어려운 범죄처럼 생각된다.

욕망이 가라앉고, 열정이 불이 다 타서 재만 남은 장작처럼 느껴진다.

얼마나 많은 연인들이 이런 의혹과 불화, 시련의 단계에서 무너지는가?

얼마나 많은 사랑들이, 우연의 축복 속에서 황홀한 천국에서 노닐던 그 사랑들이, 마치 지옥 체험을 한 듯 나쁜 파국 속에서 종말을 맞는가?

우연에서 우연으로. 몇 줌의 아스라한 추억, 아픈 기억만 남긴 채.

두 번째 크리스털에 도달하는, 진정한 사랑의 승리자는 어디에 있는가?

✳

사랑이란, 하고 스탕달은 생각했다. 사랑이란 결국 어리석고 일시적인 욕망과 감정의 도취, 착란 같은 것에 불과한 것이 아닐까? 자연이 종족 보존을 위해 마련해 놓은 교묘한 동물적 본능이라는 기계장치의 작동, 그것을 우리 인간이 예술이나 도덕처럼 하나의 숭고한 '가치'로 정립해 놓고선, 스스로 그 가치의 하수인이 되어 고역을 치르는 건 아닐까?

그런 회의, 사랑에 대한 초월적 비판은 독일의 염세주의 철학자 쇼펜하우어가 다시 꺼내고, 까발리고, 조롱하게 될 생각이었다. 종의 의지의 계략. 종의 의지를 관철하기 위해 개체들을 잠시 욕망에 눈멀게 만들어 자신의 목표를 이룬 후엔 그 개체들의 안녕과 행복, 절망과 불행 따위엔 눈곱만큼도 신경 쓰지 않는, 가차 없는 종의 의지의 작용.

✳

그러나 우리의 스탕달은 열정적인 사랑의 가치에 관한 자신의 사상을 결코 포기하지 않았다. 죽기 4년 전에 발표한『파르마의 수도원』에서 스탕달은 파브리스와 클레리아의 신화를 통해 사후 '벨리즘'이라고 알려질 사상을 한결 더 완벽하게 포착해 내고 있기 때문이다.

벨리즘beylisme. 그의 본명에서 딴 이 사상은 에고티즘eogtism 이라고 명명될 정도로 개인 삶의 행복과 사랑의 권리를 지고한 가치로, 지상 최고의 가치로 정립한다. 그것은 하나의 지적 도덕적 태도인바, 개인의 자아 탐구와 사랑을 위해서라면 그것을 가로막는 어떤 권위와 권력과도 맞서는 용기에 대한 긍정이며, 또 그런 추구의 정당함을 긍정하는 사고이다.

소설의 주인공 파브리스의 열정, 사랑의 추구는 개인을 억압하는 권력과 권위에 맞서 스스로를 파괴하는 한계까지 나아간다.

현대 철학자들이 사랑이 가진 아름다움과 혁명적 힘, 체제에 맞서고, 사랑이라는 클리나멘 운동을 통해 체제에 균열을 내는 그 힘을 예찬하는 사상적 근거가 바로 벨리즘에 있다.

✳

격렬한 열정의 파토스를 추구하는 벨리즘과 마음의 고통으로부터 해방된 마음의 평정을 추구하는 에피쿠로스의 아타락시아. "열정으로 사랑해 본 적이 없는 사람은 인생의 반쪽, 그것도 가장 아름다운 반쪽을 알지 못한다."라고 말하는 사랑의 실패자 스탕달과 사랑의 쾌락을 부정적인 것으로, 마음에 격동을 일으키고 고통을 야기하는, 비록 자연적인 욕구이긴 하지만 꼭 필수적인 것은 아닌 것으로 평가절하한 에피쿠로스. 에로스보다는 필리아, 즉 우정을 더 높은 가치로, 사람 간 연대의 최고 형식으로 파악했던 에피쿠로스.

스탕달과 에피쿠로스 두 사람 모두 개인의 행복을 추구해야 할 최고의 가치로 내세웠지만, 그 행복에 이르는 최상의 척도는 반대 극에 서 있다.

이러한 차이는 세속적인 낭만주의자와 탈세속적인 은둔형 현자의 차이일까?

아니면 두 사람의 욕망의 크기 차이에서 오는 다름일 뿐일까?

＊

인간에게 어떤 대상을 사랑하려는 욕망은 자연스러운 본능에 뿌리박고 있는 것이다. 스피노자의 말대로, 욕망은 대상보다 선재한다. 욕망은, 대상이 에로스적이건 필리아적이건, 끊임없이 대상을 찾고 발굴한다.

인간 존재란, 욕망 외에 다른 것이 아니다.

하나의 욕망은 오직 다른 더 큰 욕망이 있어야만 억눌러지거나 방향을 전환할 수 있다. 어느 날 갑자기 우연이, 혹은 에로스 신이 사랑의 화살을 날릴 때 화살에 맞은 욕망이 자신의 관심을 다른 곳으로 돌리기란, 매우 어렵다.

저항하기 힘든, 제어하기 힘든, 불가항력적인, 난폭하고 사나운 힘이 있다.

제36장

___ 딜레마

딜레마Dilemma라는 단어는 그리스어로 두 번을 뜻하는 'di'와 명제를 뜻하는 'lemma'의 합성어다. 진퇴양난의 갈등 상황.

우리는 사랑을 갈망하면서도 고독을 갈망한다.

안정된 사랑을 원하면서도 비밀스런 모험적인 사랑을 꿈꾼다.

영혼이 사랑하는 대상과 육체가 사랑하는 대상의 분열 사이에서 고민하고 갈등한다.

인간 존재 속에 내재된, 해결이 불가능해 보이는 이러한 딜레마들 사이에서 생은 방황하고, 번민하며, 행복과 불행, 기쁨과 고통 사이에서 시계추처럼 진동한다. 사랑에 내재된 이 기이한 모순을 완

216

벽하게 해결하기란, 지구의 계급적 불평등을 완전히 해소하는 것 이상으로 어려워 보인다.

모든 방면에서 개인의 자유와 선택권이 확대되어 가는 현대 세계에서 사랑의 딜레마는 더욱 날카로워지고, 곤혹스러워져 간다.

사랑과 섹스, 결혼과 이혼, 독신주의 등 개인의 선택의 폭과 자유가 넓어지면서 오히려 사랑은 점점 더 곤혹스런 난제가 되어 간다.

어디에서나 쉽게 포르노를 접할 수 있는 세계에서 낭만적 사랑은 철없는 사춘기 소년소녀들에게조차 가소롭게 들린다.

스탕달이 이상화했던 열정적이고 낭만적인 사랑은 대중적인 소설이나 영화, 드라마 속에서나 환상극처럼 전시될 뿐이다.

현대의 쇼펜하우어주의자인 프랑스의 소설가 미셸 우엘벡은 『투쟁 영역의 확장』이라는 소설에서 오늘날엔 사랑이 불가능해졌다고 말한다. 사랑은 단지 유희적이거나 육체적인 형태로 축소되어 버렸고, 심지어 인간관계 자체도 불가능해지는 지경에까지 이르고 있다고 주장한다.

미셸 우엘벡은 모든 문제가 '자유의 확대' 단계에 이르렀기 때문이라고 진단한다. "무제한적인 경제 자유주의와 마찬가지로 섹스의 자유주의는 '절대빈곤' 현상을 낳는다.… 완전 자유 섹스 체계에서 어떤 이들은 정말로 다양하고 짜릿한 성생활을 즐기지만, 다른 이들은 자위행위와 외로움 속에 늙어간다. 자유주의 경제는 투쟁 영역의 확장이다. 마찬가지로 자유주의 섹스는 투쟁 영역의 확장

217

이다."

소설의 등장인물 라파엘 티스랑은 경제적 차원에서는 승자의 그룹에 속해 있지만, 섹스의 차원에서는 패자가 된다. 그는 소년 시절부터 사랑과 섹스를 갈망했지만, 스물여덟이 되도록 총각 딱지도 떼지 못한, 사랑과 섹스의 루저다.

냉혹한 자유 선택과 교환의 법칙이 작동하는 연애 시장에서, 그는 패배자요, 루저다. 티스랑은 나이트클럽에서 매력적인 젊은 여자에게 접근해 보지만, 그녀는 금세 그를 떠나 잘생긴 흑인 혼혈 남자에게 가버리고, 곧 티스랑은 클럽을 나간 그들이 깜깜한 바닷가 언덕 사이에서 섹스를 하는 장면을 목격하게 된다. 그는 결국 다음 날 전속력으로 차를 몰아 반대편 대형 트럭과 정면충돌하여 자살하고 만다.

자유주의는 모든 선택권을 개인들에게 넘긴다. 사랑도, 섹스도. 자유주의 연애시장 법칙은 불가피하게, 필연적으로, 마치 휘황한 백화점에서 어떤 손님도 거들떠보지 않는 가련한 제품들처럼, 아무에게도 선택받지 못하는 패배자들을 양산한다. 부익부 빈익빈의 법칙이 연애 시장에서조차 무자비하게 관철된다.

자유는 사랑 없는 지옥에서의 자유가 되어간다.

•

찰스 디킨스가 1859년에 발표한 소설 『두 도시 이야기』가 있다. 그 소설의 등장인물 변호사 시드니 카턴은 루시를 사랑하여 청혼하지만, 그녀는 시드니 카턴의 친구이자 역시 루시에게 청혼했던 다른 남자, 찰스 다네이를 선택하고 결혼한다.

그러나 프랑스 혁명의 와중에 찰스가 프랑스 법정에 고발되어 사형을 당할 위기에 처하자 시드니 카턴은 루시가 곤경에 처하면 어떤 일이 있더라도 자신이 도와주겠다고 했던 약속을 지키기 위해, 사랑하는 그녀의 고통을 덜어주기 위해 그녀의 남편 대신 자신이 죄를 덮어쓴 채 단두대로 향한다.

스탕달이라면 눈물 흘리며 읽었을 법한 이 감동적이고 낭만적인, 우리가 '아가페적 사랑'이라고 부르는 절대적 헌신의 사랑은 이제, 아련한 향수의 대상으로 남아있을 뿐일까?

제 37 장

___ 압살롬

구약 성경에 나오는 다윗 왕의 아들 압살롬에게는 아름다운 여동생 다말이 있었다. 다말이 나이가 들수록 점점 더 아름다워지고 기품이 높아지자, 다윗의 또 다른 아내가 낳은 다윗의 맏아들이자, 압살롬 과 다말의 이복형제인 암논이 그녀에게 욕정을 품게 되었다.

암논은 상사병에 걸려 병에 들 정도였다. 스스로는 그것을 사 랑이라고 착각했지만, 실은 그 사랑은 다말의 육체를 향한 성적인 갈망일 따름이었다.

암논은 측근의 도움을 받아 계략을 짠다. 아버지 다윗왕에게 탄원하여 병든 자신을 위해 다말이 음식 시중을 들게 하라는 계략.

다말이 찾아오고, 암논은 거부하는 그녀를 폭력적으로 겁탈하고 만다. 하지만 막상 욕정을 채우고 나자 암논은 다말이 금세 싫어지고 미워져 그녀를 내쫓아 버린다. 다말은 울부짖는다. "오라버니, 이렇게 저를 내쫓으시는 건 방금 제게 저지른 일보다도 더 나쁜 처사입니다." 암논은 하인을 시켜 그녀를 내쫓고 문을 걸어 잠가버린다.

다말은 수치와 절망으로 머리에 먼지를 덮어쓰고, 옷을 찢으며, 손으론 머리를 감싸 쥔 채로 목 놓아 울면서 돌아가야만 했다.

아버지 다윗 왕은 이를 알고 분노했지만, 암논이 왕위를 이을 장자인 탓에 드러내고 그를 책망하지도, 벌주지도 않았다. 그러나 다말의 오빠 압살롬의 마음은 그렇지 않았다. 압살롬은 겉으로는 아무 일도 없는 척, 미동도 하지 않았다. 분노와 복수에 대한 결의가 그의 심장을 딱딱하게 굳게 만들었지만, 그는 신중하고 치밀하게 결정적인 순간, '때kairos'를 기다렸다.

압살롬은 2년의 세월을 기다린다.

암논이 스스로 경계를 풀고, 다시 오만에 빠져 자신의 악행도, 압살롬의 분노도 모른 채 마치 아무런 일도 없었던 듯이 행동하기 시작했다.

마침내 압살롬은 암논이 더 이상 자신을 조금도 경계하지 않는다는 사실을 확인하고, 가슴에 품었던 계획을 실행에 옮긴다.

양털 깎기 철이 돌아왔을 때, 압살롬은 다윗왕에게 가서 암논을 비롯한 다른 모든 왕자들을 에브라임의 근방 바알하솔로 초대할 수 있게 허락을 받아낸다. 암논을 비롯한 왕자들은 왕의 명령이라

221

거역하지 못하고 모두 양털 깎기 행사에 참석한다. 압살롬은 성대한 잔치를 베풀고, 암논을 비롯한 왕자들이 술이 거나해지고 취하기 시작할 때, 부하들과 함께 가차 없이 암논의 목을 베어버린다.

제 38 장

____ 래티시아와 트리스티티아

17세기 프랑스의 라 로슈푸코 공작은 우리가 사랑에 대해 한 번도 들어본 적이 없다면, 결코 사랑을 경험하지 못할 수도 있다고 주장했다. 우리가 사랑하는 방식을 규정하는 것은 무엇인가? 단 한 사람에 대한 감정적인 애착과 합일에 대한 갈망이라는 공식을 만든 자는 누구인가?

사랑에 빠질 때, 우리는 주체인가 객체인가? 타자에 대한 예속이 아니라 자유가 확장되는 사랑은 어떻게 가능한가?

나는 다시 짧지만 강렬한 한 권의 소설을 떠올린다. 20세기 말, 미국 사회를 배경으로 하는 필립 로스의 『죽어가는 짐승』이란 작품. 그리고 그 소설의 주인공, 데이비드 케페시란 이름을 가진 남자.

대학의 저명한 문학교수이자 비평가인 그는 젊은 시절 "신병 훈련소만큼이나 형편없는" 결혼에 낙담하곤, 두 번 다시 그런 우리 안에서 살지 않겠노라고 단단히 결심한 후 이후 육십 노년에 이르기까지 독립적인 독신으로 살고 있는 남자다.

그러나 사회생활을 하다 대학에 들어온 쿠바 이민자 가족 출신의 한 아름다운 여성이 대학 4학년 마지막 학기에 하필 그의 수업에 들어온 순간, 운명의 여신은 잔혹한 게임을 시작한다.

그녀의 이름은 콘수엘라 카스티요, 스물네 살, 가장 아름답고 성적인 매혹 역시 절정에 도달해 있는 나이의 여성이었다. 졸업 학기가 끝난 후에 케페시 집에서 열린 종강 파티는 그들을 위해 운명의 여신이 마련해 놓은 극적인 무대가 되고 만다.

✳

위대하거나 초라한, 행복하거나 불행할 운명인 모든 사랑은 눈을 가린 채 운명의 수레바퀴를 돌리는 운명의 여신처럼, 눈가리개를 한 채로 우연이 마련해 둔 무대 위로 뛰어들면서 시작된다.

욕망이 들뜨기 시작하고, 자아는 마비된다. 에로스의 화살을 맞는 순간부터 우리는 화살의 욕망대로 행동할 수밖에 없다.

*

케페시, 그 호색 경험이 풍부한 늙은 여우 같은 교수는 그녀를 유혹하기 위해 카프카의 친필 편지와 벨라스케스 화집이라는, 그에 따르면 '베일 씌우기'라는 우회를 거쳐 마침내 며칠 후 그녀를 따로 자기 집으로 초대하는 데 성공한다. 그때까지만 해도, 그땐 그렇게 착각했지만, 그는 그저 그녀를 또 한 명의 순수한 욕정의 파트너로만 생각했다.

그는 소위 우리가 말하는 밀당, 그가 '프랑스식 기술'이라고 부르는 그런 것엔 전혀 관심이 없었다. 밀고 당기며, 자신의 지성과 교양, 고급스런 예술 취향을 과시하는 건 그에겐 그저 인위적인 관습이고 욕정을 사회적으로 적절한 것으로 변형시키는 희극적인 베일 씌우기일 뿐이다.

그런데 당돌하기는 콘수엘라 쪽도 마찬가지다. 두 번째로 만나 연극을 보던 날, 그녀는 마치 그날 밤에 일어날 일을 충분히 예상하고 기대했다는 듯이 거의 포르노그래피에 나올 법한 속옷을 차려입었고, 소파에서 도발적인 자세를 취하면서 어떤 도전에라도 응할 준비가 되어 있음을 알린다.

이후 곧장 전개되는 장면에서는 마치 세미 포르노를 연상시킬 정도로 노골적인 행위가 이어진다. 케페시 자신도 놀랄 정도로, 그녀는 스스로 주도하여 포르그래피적인 행위를 선보인 것이다.

그런데, 그런 행위에 도달하기 전, 그녀가 미리 선을 긋듯, "저는 정말이지 절대 선생님한테 속할 수는 없어요."라고 한 말, 자신은 결코 선생님의 아내가 될 수는 없다는 그런 말들로 인해, 케페시는 오히려, 바로 그 순간에 무시무시한 '질투'가 탄생하는 걸 느끼게 된다.

케페시는 만남이 여러 번 이어질수록, 자기 자신도 통제 불가능한 방식으로, 그녀에게 완전히 빠져들고 만다. 질투의 화신이 되어간다. 자신의 늙음과 그녀의 젊음이 더더욱 날카롭게 대조되면서, 마치 다가가기 어렵고 불가능한 대상일수록 소유에 대한 갈망이 더더욱 불어나고 커지는 것이 자연스럽듯, 소유가 불가능하기 때문에 그의 불안과 질투는 더욱 커지게 된다. 사랑이라는 이름의 개미지옥. 황홀과 고통의 공존.

그가 예술 자체로 숭배하게 된 콘수엘라의 마음은 어떤 것이었을까? 그녀는 처음엔 높은 학식과 유명세를 가진 교수에 대한 호기심, 그런 남자를 정복하는 쾌감―그에게 다가왔던 다른 여성들처럼―극복할 수 없을 것으로 보이는 나이 차가 오히려 그녀의 부담을 덜어, 그의 말처럼 오히려 편하게 그에게 굴복하고 그의 침대에 뛰어들었던 것뿐이었다.

둘 사이의 관계가 일 년 반 넘게 이어져 가고, 마침내 그녀가 석사 코스까지 마친 날, 그녀는 자기 집에서 열리는 성대한 졸업 파티에 하필이면 데이비드 케페시 교수를 초대한다. 가족, 친구와 친지 들, 수많은 젊은 남녀들이 함께하는 그런 자리에 세상에 단 한 번도 드러내지 않았던, 드러내서도 안 되는 한 남자, 나이든 노교수를 초대한 그녀의 진심은 무엇이었을까? 그녀도 어느새 마음이 변해서 그를 짧은 시간동안만 쾌락과 예술을 공유할 운명으로 끝날 남자가 아니라 훨씬 더 오래도록 함께하고 공개적이고 관습적인 결합도 가능한 남자로 받아들이게 된 것일까?

그날은 그 둘 사이의 운명이, 운명의 여신이 마련해 놓고 일 년 반 동안이나 기다렸던 드라마의 최후 절정 순간이 될 것이었다.

케페시는 주저하며 갈팡질팡한다. 그녀의 일가친척들과 장래 그녀를 차지하게 될지도 모를 젊고 잘생긴 유혹자들 틈바구니에서 희극배우처럼 보일 자신을 마주할 용기도, 염치도 없다. 결국 그는 그녀의 집으로 가는 도로 위에서 그만 차를 돌리고 만다. 갑자기 차가 고장 나서 갈 수가 없게 되었다고.

마치 조선 왕조를 개국한 이성계가 위화도에서 군대를 돌리듯이.

그러나 케페시 교수의 위화도 회군은, 그에게 승리의 왕관이 아닌 패배와 끔찍한 지옥만을 선물할 것이다.

그의 그러한 선택은 잘못된 선택, 실책이었을까? 아니면 그 둘의 관계에서는 불가피한 결정이었을까?

✳

이쪽이냐 저쪽이냐. 곤혹스런 선택의 딜레마. 시저가 루비콘 강을 건너 로마로 진격하기 전, 케페시 교수가 도로 위를 달려 그녀

집에 당도하기 전엔, 그 당시의 순간엔 이후 어떤 운명이 기다리고 있는지를 결코 알 수 없다.

우리는 그저 얄팍한 경험과 어리석은 지혜, 또는 그 순간의 욕망과 감정을 좇아 판단을 내릴 수 있을 뿐이다.

우리는, 미래의 생 앞에서, 정녕 눈 뜬 장님일 뿐이다.

＊

케페시 교수는 차를 돌리고, 콘수엘라는 분노로 가득 찬 편지를 보내면서 그 둘의 관계는 갑자기 종말을 고하고 만다. 케페시에게 남은 건 끝없는 절망의 고통, 3년 넘게 이어지는 괴로운 우울증, 수시로 들이닥치는 지나치게 생생한 추억들의 고문뿐이다. 그는 그런 느닷없는 종말을 이해하기 위해 수도 없이 그날의 일을 재생한다. 기계적 비디오는 녹화 테이프가 늘어지고 늘어져 언젠간 더 이상 재생 불가능한 지경이 되어버리지만, 살아있는 뇌라는 지독한 비디오는 멈출 줄을 모른다. 다만 조금씩 화면이 흐릿해져 갈 뿐.

세월이 흐르고 흘러 마지막 결별로부터 8년이 흐른 어느 날, 콘수엘라가 서른두 살이라는 제법 성숙한 나이가 된 어느 날, 갑자기 케페시 교수를 찾아온다. 고통에 빠진 채로, 어쩌면 머잖아 죽게 될지도 모를 운명을 젖가슴에 품은 채로.

또 다른 무서운 운명의 장난이, 그 심술궂은 우연의 신이 이번엔 수레바퀴를 그녀 쪽으로 돌려 그녀를 불행의 운명 한가운데로 몰아넣는다.

그녀는 데이비드 케페시 교수 앞에서, 이젠 더 이상 자신의 것이 아니게 될 찬란한 육체를 케페시 교수가 그토록 찬미했던 완벽한 젖가슴을 가진 여신의 자태를 케페시 교수가 사진으로 남기고 간직할 수 있도록, 그를 찾아왔다.

그녀는 말한다. 몇 명의 다른 남자들이 있었다고. 그러나 그들은 자신의 영혼도, 육체도 이해하지 못했다고. 그냥 자기 몸에 대고 자위를 하는 거나 다름없는 섹스였을 뿐이라고. 하지만 케페시는 그녀의 몸과 마음을 진심으로 사랑했고, 그녀의 아름다움을 진심으로 이해하고 사랑해 준 그로 인해 그녀 자신도 스스로 자랑스러웠다고. "선생님은 제 몸이 가장 찬란할 때 보셨어요. 그래서 의사들이 하게 될 짓 때문에 제 몸이 망가지기 전에 선생님이 봐주셨으면 좋겠어요."[18]

케페시 교수는 이제 정욕이 아닌 슬픔의 고통 속에서 잔혹한 운명의 여신을 한탄할 수밖에 없다.

✳

우리의 실존은 어쩔 수 없이 육체성에 뿌리를 두고 있다. 제대로 몸도 가누지 못하는 갓난아기에서 의젓한 청춘의 육체로, 그러다 쇠락하고, 늙고, 병들다가 어느 날 우주 먼지로 해체된다.

우리는 육체를, 우리가 유전적 운명으로 타고난 사피엔스종에

특화된 육체성의 특질을 결코 벗어날 수 없다.

체외 수정을 하거나 알을 낳는 것도 아닌, 유성생식, 젖먹이 짐승인 포유동물.

오리너구리는 포유류에 속하지만, 놀랍게도 알을 낳아 기른다.

달팽이는 암수 한 몸인 탓에, 두 마리 달팽이는 몸을 밀착시켜 상대의 정자를 받아들임과 동시에 자신의 정자를 상대의 몸속으로 찔러 넣는다.

성性의 특성은 모든 종의 육체적 실존이 짊어지는 근본 운명이다.

유전의 압력 속에서, 우리의 육체성 깊은 곳에서 성의 교환과 합일에 대한 갈망이 솟아오른다. 정해진 생식기가 없는 특이한 동물인 인간에게, 성의 교환 압력은 거부하기 힘든 쾌락의 가능성으로 더 한층 증폭된다.

그러나 분화된 성의 운명은 그것이 '육체성'이라는 제약 조건 속에서만 작동하는 것이기 때문에, 쾌락만큼이나 감정적 발작과 고통의 가능성을 함축한다.

케페시 교수와 콘수엘라의 육체적 실존이 늙음과 육체적 매혹의 상실에 처할 때 우리가 이해하게 되는 것이 바로 그것이다.

✳

스피노자는 인간 정서의 육체적 토대를 처음으로 진지하게 통찰한 최초의 철학자다. 그는 모든 인간의 정서 일체를 신체의 변화에 상응하는 정신적 반응의 결과로 이해했다. 그는 사랑의 열정 passion을 **수동적인 정서**로 보았다. 외적인 대상이 기쁨 혹은 슬픔을 촉발하지만, 그런 감정의 흐름이 외부의 대상에 원인이 있는 한, 그 정서는 수동적인 것이다. 오직 개체 내부에서 자기 자신이 원인이 되어 자발적으로 발생하는 정서만이 능동적이다.

우리 마음을 움직이는 열정은 우리가 지배하거나 통제하지 못하는 외부 원인의 작용 방식에 따라 기쁨의 감정인 **래티시아**latitia 와 슬픔의 감정인 **트리스티티아**tristitia, 이 양극 사이를 오간다.

스피노자는 래티시아나 트리스티티아, 이 모든 감정의 변화가 여하한 '우연적 원인들'로도 촉발될 수 있음을 지적한다.

또한 그는 한 개인의 삶을 규정하고 지배하는 우연적 원인들이 그 개인의 내부에서 능동적으로 발산되는 자유로운 지성과 의지, 감정보다 더 큰 힘을 가지고 있기에, 인간의 삶은 자유롭다기보다 **예속**에 더 가까운 상태라고 보았다.

발터 벤야민은 사랑이란 한 개인이 가진 자유를 타자에게 봉헌하는 행위라고 말했다. 나의 자유가 내가 아닌 타자에게 속해 있는 상태, 그것이 사랑이다.

✳

스피노자는 묻는다. 두 실존의 사랑의 결합이 더 큰 힘의 증가로 진전되는 건 어떻게 가능한가?

✳

소설 속에서, 케페시를 누구보다 잘 이해하는 시인 친구 조지 오헌은 괴로워하는 케페시에게 말한다. 모든 사람들이 원하는 유일한 강박인 사랑, 사랑으로 인한 집착, 그건 일종의 병리적 현상일 뿐이라고. "나는 사람은 사랑을 시작하기 전에 온전하다고 생각해요. 그리고 사랑이 사람을 부숴버린다고. 완전했다가 금이 가 깨지는 거지요."

집착은 파멸을 초래하는 적이다.

조지 오헌의 논리는 사랑에 대한 고전적인 비유, 즉 잃어버린 반쪽 찾기라는 이미지와 정반대의 이미지를 제공한다. 사랑은 오히려 완전한 개인성을 파괴하는 병적인 강박일 뿐이다.

두 실존의 결합은 불완전을 더 큰 완전성으로 이행시키는 것이 아니라, 오히려 완전성에서 불완전으로 이행시킬 뿐이다.

✳

누구나 싫어하는 생계형 노동, 직업적이거나 가정적인 의무들, 뉴스를 볼 때마다 화를 터뜨리게 하는 정치, 복잡하고 피곤한 인간관계들, 인생을 가득 채우는 고뇌와 시름의 원천인 그런 것들.

반면에 우리가 신화화하고, 안달복달하고, 오매불망 갈망하는 사랑이란 것 역시 나의 자아를 파괴하고, 뒤흔들고, 무질서와 혼돈, 절망과 고통, 환멸로 끝나는 병리적인 현상에 불과하다면, 우리는 도대체 어디에서 삶의 기쁨과 행복을 구할 것인가?

기쁨과 슬픔, 래티시아와 트리스티티아 사이를 왕복 운동하는 고통스런 감정의 왕국인 사랑에서?

사랑 후에 남는 것들의 후유증이 얼마나 크든, 사랑하는 순간에조차 자아를 뒤흔드는 혼란과 불안, 마음의 격동이 얼마나 크든, 우리는 여전히 사랑을 갈망하고, 사랑에 빠지고, 사랑으로 인한 고통을 원해야 하는 걸까? 마치 그것조차도 없다면, 무의미한 삶이 그 최대치에 이르는 최종적인 완결을 확정 짓기라도 하듯이. 또는 우연이 가져다줄지도 모를 불행이 너무 두려워 마치 세계 공포증에라도 걸린 듯이, 집안에 틀어박히거나 안전제일을 모토로 마치 무성애자인 듯이 살아가야만 하는 걸까?

그러나 우연의 운명이 마련해 놓을 잔인한 악마의 유혹을 피할 수 있는 자는 누구인가?

✳

케페시는, 만일 시간을 되돌릴 수 있다면 우연이 콘수엘라를 그에게로 이끌었던 그날을 절대 피하고 싶을까? 아니면 끔찍한 고통의 세월이 오래도록 그를 고문하겠지만, 일 년 반의 행복과 쾌락,

쾌락 속의 불안과 두려움, 그 모든 것을 있는 그대로, 완벽하게 다시 반복하기를 원하게 될까? 철학자 니체가 요구했던 영겁회귀의 윤리적 명령처럼?

✳

니체는 우연을 긍정하라고 요구한다. 주사위 던지기를 긍정하라고 요구한다. 니체는 두 번의 긍정을 말한다. 주사위를 던지는 행위를 긍정하기 그리고 주사위 패가 나왔을 때, 그 패를 긍정하기. 그리고 주사위를 던질 때, 먼 미래에 가장 후회하지 않을 쪽으로 던지라는 윤리적 요구. 즉 그 선택이 무한 반복되더라도 긍정할 만한 선택을 하라는 윤리적 지침.

그는 주사위 던지기의 주체가 되라고 요구한다. 생의 주인 되기. 주사위를 손에 쥔 자가 되기.

그러나 진정으로 주사위를 손에 쥐고 우리에게 던지게 하는 자는 누구인가?

사랑에서, 주사위를 던지는 주체는 결코 우리의 '자아' 혹은 '의식'이 아니다. 자아는 마차를 달리게 하는 말일 뿐, 마차 뒤편에 앉아 채찍을 휘둘러 대는 말몰이꾼은 눈먼 욕망과 감정이다. 말몰이꾼이 우리의 몸을 마차 승객석에 앉혀놓고는 자아라는 말을 향해 마구 채찍을 휘둘러 대며 자신이 원하는 방향으로 우리를 몰아갈 뿐.

사랑에서, 우리는 결코 진정한 주체인 적이 없다.

니체는 나약하고 한계가 너무 큰 인간에게 지나치게 과도한 요구를 했다.

동정의 포로가 되어 거기에 운명이 휘둘린 토마시, 신분상승의 욕구와 질투의 감정에 자아를 상실해 버린 테레자, 배반의 황금나팔 소리가 들리면 마치 세이렌의 나팔소리에 자아를 잃고 바다에 뛰어드는 뱃사람들처럼 사랑을 배반하고 떠나는 사비나, 콘수엘라를 보는 순간 이미 욕망에 눈이 멀어버린 데이비드 케페시. 그리고 루 살로메에게 반해 구혼까지 했지만 끝내 거절당하고 실연의 상처로 괴로워하던 니체 자신.

우리의 니체는 다음 생에도, 그다음 생에도 똑같이 실연을 반복하게 되는 걸 진심으로 긍정할 수 있을까? 심지어 그의 말년을 처참하게 만든 정신착란까지도?

그러나 우리는 계속, 이번에도, 다음번에도 다시 사랑에 빠진다. 우연의 화살을 피할 수 없듯이 에로스의 화살은 또다시 우리를 채찍질한다.

그러면 우리는 다시, 즐겁게 행복한 지옥 속으로 뛰어들어 가고….

제 39 장

____ 단 한 개의 핏덩이

내가 엘리베이터에서 내려 그 병실 앞으로 다가섰을 때, 병실문 벽
에는 '뇌졸중 집중 치료실'이라고 쓰여 있었고, 그 아래엔 뇌졸중 징
후에 관해 일러스트 그림을 곁들인 안내글까지 친절하게 붙어 있
었다.

조금 어지러운 생각이 들었지만, 병실 문을 열고 안으로 들어
갔다.

병실엔 네 개의 침상이 놓여 있었다. 친구는 창가 쪽에 누워
잠든 것인지 눈을 감고 있었다. 맞은편에도 환자가 있었는데, 가족
인지 간병인인지 모를 한 중년 여인이 고개를 돌려 잠깐 나를 바라

보더니 다시 고개를 돌렸다.

나는 조심스럽게 친구의 침상 벽 쪽으로 가서 섰다. 친구는 환자복을 입고 있었고, 손목에 링거줄이 연결되어 있긴 했지만 겉으로는 멀쩡해 보였다. 하긴 어디가 부러진 건 아니니까.

내가 친구의 손을 잡자 친구가 눈을 떴고, 반가운 목소리로

"응, 왔구나."

하며 몸을 일으키려 했다.

"아냐. 일어나지 마, 힘들게."

그러나 친구는 굳이 "아아, 괜찮아, 괜찮아." 하며 몸을 반쯤 일으켜 앉았다.

"놀랐지?"

"안 놀라면 이상하겠지. 어떻게 된 거야? 입원했다고 해서 깜짝 놀랐어."

"응… 여긴 답답하니 잠깐 밖으로 나갈까? 너무 오래 누워 있어서 허리가 다 아플 지경이야."

"괜찮다면…."

그는 링거대를 한 손에 잡고 끌면서 천천히 걸어 병실 밖으로 나갔고 나도 뒤따랐다. 우리는 어느 복도 창가에 놓인 벤치에 앉았다.

"뇌졸중이라면서 다행히 심각하진 않나 보네."

"다행히. 천운이 따른 거지. 그래, 정말 운이 좋다고 해야 하나. 의사 말에 따르면, 아마도 단 한 개의 혈전이 뇌동맥을 잠깐 막아버렸는데, 다행히 피의 흐름이 그 혈전을 밀어낸 것 같다고, 정말 운이

좋았다고 하긴 했어."

그는 고개를 흔들며 한숨을 내쉬었다. "첨엔 뭔지도 몰랐지 뭐. 아침에 일어났는데, 뭔가 좀 이상하다는 느낌이 들었어. 좀 어지러운 것 같기도 하고, 무엇보다 말을 하는데 너무 어색하고 말이 좀 겉돈달까, 어눌하달까, 그런 느낌이 드는 거야."

"세상에, 그런데도 얼른 조치를 안 취했다는 거야?"

"몰랐으니까. 난 그저… 그래도 혹시 몰라 평소에 챙겨 먹다까먹다 하던 아스피린을 털어 넣기만 했지. 난 고혈압도 있었잖아. 또 고지혈증도 좀 있고."

가만히 그의 얘기를 듣고 있자니, 아직도 그의 발음이 또렷하지 않았다. 뭉개지는 느낌 같은.

"샤워까지 하고 아침도 간단히 챙겨 먹고, 그랬는데도 계속 좀 이상했어. 찜찜한 기분이 계속 드는 거야. 그러다 불현듯 생각나서 인터넷 검색을 해봤지. 그제야 아이구야, 식겁했지 뭐야. 그래서 얼른 병원으로 달려왔는데, 의사가 당장 CT 촬영부터 해야 한다고 하지 뭐야? 곧바로 이 병실로 옮겨졌지. 참나 세상에, 내게 이런 일이 닥치다니."

그의 얼굴이 금세 어두워졌다.

"그래, 다른 이상은 없대?"

"아직까지는. 그렇지만, 일주일 정도 입원하면서 집중 치료받고 경과를 봐야 한대. 이렇게 한 번 오면 재발하는 경우가 많고, 그러면 정말 큰일 나니까."

"그저께 입원했으니까⋯ 아직까진 별다른 이상은 없는 거지?"

"그런 것 같아. 너도 조심해라."

나는 고개를 끄덕였는데, 그가 다시 입을 열었다.

"언젠가 우리가 대화를 하던 중에 내가 한 말 기억나? 나는 암보다 치매와 심각한 뇌졸중이 더 무섭다고 한 말."

"그래. 그랬지. 나도 마찬가지라고 했던 거 같아. 치매는 인간성을 파괴하고, 심각한 뇌졸중은 자칫 반신불수가 되거나 전신불수가 될 수도 있으니까. 몸을 전혀 움직이지 못하는데 정신만 말짱하면, 그 뭐더라 「잠수종과 나비」의 주인공처럼 끔찍한 상태가 되고 마니까."

친구가 다시 말을 이었다.

"혹시 내 맞은편에 누워 있던 환자 봤는지 모르겠네. 그 사람이 바로 그런 경우야. 나이는 한 육십이나 되었을까? 이번에 두 번째 온 거래. 혈전이 다시 혈관을 막아버렸는데, 이번엔 아예 그의 몸 반쪽 전체를 못 쓰게 만들고 말았어. 그러니까 한쪽 팔과 다리만 움직일 수 있는데, 그래도 사실상 전신불수나 마찬가지야. 저렇게 누워서 한쪽 팔과 다리만 움직일 수 있다고 해도, 실은 꼼짝도 할 수가 없어. 어젯밤엔 그 남자가 계속 울더라. 얼굴도 반쪽이 마비 상태라, 울음소리도 기괴해⋯. 하, 정말 난 그 남자에 비하면 얼마나 운이 좋은 건지! 그 남자가 나이고 내가 그 남자가 되어 누워 있다고 생각해 봐. 운이 나빴다면 충분히 그럴 수도 있었잖아! 내가 잠든 사이에 단 한 개의 혈전이 혈관을 잠시 믹았다가 다시 통과해 나갔으니 다행이지, 마치 하수구가 막히듯이 그 한 개의 혈전이 계속 혈관을 막고 있었다면, 내가 눈을 뜰 때까지도 그런 상태였다면 어떤 일이 벌어졌을까?"

나는 말문이 막혔다. 정말 상상만 해도 끔찍한 일이었다. 불행 중 천만 다행이란 말이, 이만큼 적절하게 들어맞기란 어려울 듯하다.

"어젯밤에 누워 곰곰이 계속 생각해 봤는데, 인간의 몸, 인간의 생명이란 게 얼마나 취약한지, 단 한 개의 혈전만으로도 온몸이 망가지고 목숨을 잃을 수도 있는 거라고. 내 몸 혈관 속을 돌아다니던 한 개의 혈전이 우연히 뇌 쪽으로 올라가 뇌혈관 어느 곳에 딱 틀어박히는 거야. 그럼 끝이지. 그 순간, 내 인생은 아듀하는 거야. 또는 어느 날, 밤에 꿀잠을 자고 있는데, 내 심장이란 놈이 아이구, 이젠 지쳤어, 그만 할래, 하면서 박동을 딱 멈춰버리는 사태가 벌어지면? 그 길로 황천 가는 거지. 빌어먹을. 이런 게 인생이라니."

"네가 좋아하는 하이데거 씨가 늘 말했잖아. 인간은 죽음 앞에 선 존재라고. 마치 처음 그걸 깨달은 사람처럼 말하네."

"머리로 인지하고 있는 거랑, 온몸으로 체험하는 건 전혀 다른 거 같아. 언젠간 어떤 방식으로든 저승사자가 우릴 데리러 오겠지만, 그게 설마, 그래 설마 지금은 아니겠지, 난 아직 젊은 편이고, 건강해…. 이런 생각으로 살잖아? 우리 모두. 아침에 일어나 양치질을 하면서 죽음을 생각하고, 연인과 데이트하면서도 죽음을 생각하고, 친구들과 술 한잔 걸치면서도 그 빌어먹을 죽음을 생각하는 그런 사람이 어딨겠어? 하루하루 살아가는 일상은 가깝고 죽음은 너무 추상적이고 멀게만 느껴지잖아? 내가 어떻게 매일 내 혈관 속을 돌아다니는 핏덩어리 걱정만 하면서 살 수 있었겠어?"

다행히 친구는 일주일 후 무사히 병원에서 나왔다.

퇴원하기 전날, 친구는 이렇게 말했다.

"있잖아, 이제 나갈 때가 되니 인생을 새로 선물 받은 기분이야. 혹은 덤으로 얻은 보너스 같은 인생이랄까. 그래서 이제 진도를 빨리 뺄 생각이야."

"그게 무슨 말이야?"

"그저께 우연히 텔레비전을 멍하니 보고 있었는데, 개그 프로였어. '노인대학'이란 코너였어. 말 그대로 죽음만 남은 늙은 노인들이 나오는데, 그중 한 노인이 다른 늙은 여자에게 작업을 거는 거야. 그러니까 그녀가 하는 말이 진리였어. 이렇게 말하는 거야. '지금 나한테 작업거는거야? 그럼 진도 빨리 빼야 한다. 밀당하다 죽는 친구들 많이 봤거든.' 하고 말이야. 그 대사를 듣는 순간, 나도 모르게 푸하하 하고 웃고 말았어. 너무 기막힌 대사였어! 밀당하며 시간 끌다가 어느 순간 혹 가버릴 수도 있는 거지! 하이데거 철학의 핵심이 거기에 있었어! 밀당하지 말고 얼른 뜨겁게 사랑을 고백하라! 그대에게 사랑할 시간이 얼마나 남았을지 모르니, 저승사자가 방문하기 전에 충분히 사랑하라! 이런 거. 내 인생에서 남은 시간이 짧은 군대 휴가만큼 남았을지 어떻게 알아? 그래, 인생은 짧은 군대 휴가 같은 거야. 사랑만 하기에도 인생은 너무 짧아."

제40장

___ 사랑의 변형

에로스의 욕망은 마치 휴화산처럼 영혼의 심연에서 고요히 숨쉬다 어느 순간, 기다렸다는 듯이 폭발하며 분출한다. 7만여 년 전의 보르네오섬 토바 화산처럼, 강력한 분출은 온 대지를 용암으로 뒤덮고, 하늘은 분화구에서 쏟아져 나온 열기와 가스로 온통 검게 그슬리고, 세상은 이전과는 다른 모습으로 변한다.

그러나 그처럼 아무리 강력한 화산도 영원토록 계속 불길을 뿜어낼 순 없다.

에로스의 욕망이 두 육체를 완전한 하나로 결합시키고자 하는 열렬한 갈망과 애착이라고 한다면, 그러한 갈망의 강도가 두 육체

사이에서 교환되는 성적인 결합과 정서적인 교감의 형태로 마침내 결실을 맺기 시작한 후, 즉 마침내 갈망이 성취된 후에도 그러한 갈망이 과연 얼마나 오랜 시간을 지속할 수 있을지에 대해서도 우리는 물어야 한다.

에로스의 가장 큰 적은 시간이다.

시간은 권태를 불러들이고, 권태는 마치 햇빛 아래 오래 내버려 둔 과일처럼, 사랑을 쪼그라들고 메마르게 한다.

다시 말해 시간은 화산폭발이 잦아들 듯 욕망을 서서히 가라앉히고, 연인에게서 낯선 타자성이 끌어들이는 매혹을 경감시키며, 황홀하게 반짝거리던 크리스털을 평범한 소금으로 다시 되돌리고 만다.

※

에피쿠로스는 모든 욕망은 다음과 같은 질문에 대면해야 한다고 썼다. "내 욕망epithymia의 대상이 성취된다면 나에게 무슨 일이 생길까? 만약 그것이 성취되지 않는다면, 나에겐 또 무슨 일이 생길까?"19

※

에피쿠로스는 에로스의 욕망에 관해서 이렇게 물었다. "시로 마주 바라보는 일prosopsis, 성적으로 교제하기homilia, 그리고 함께 지내는 일synanastrophe, 이런 것들이 없다면, 사랑의 격정erotikon pathos은 사라지고 말 것이다."[20]

스탕달은 『연애론』에서 사랑을 네 가지 종류로 구분했다. 정열적인 사랑, 취미적인 사랑, 육체적인 사랑, 그리고 허영적인 사랑.

스탕달에게는 진짜 사랑이거나 아니면 가짜 사랑이거나 둘 중 하나밖에 없어 보인다. 왜냐하면 그는 네 가지 사랑 중 오직 정열적인 사랑, 즉 낭만적인 사랑만을 진정한 사랑이라고 인정하기 때문이다.

정열적인 사랑은 모든 세속적인 이해관계, 신분과 계급, 사회적 규범마저 초월하는 사랑의 형태다. 죽음마저 막을 수 없는, 마법적인 사랑. 셰익스피어 이래, 오늘날까지도 이어져 오는 모든 사랑의 신화와 전설이 기대고 있는 열정의 사랑.

로미오와 줄리엣, 트리스탄과 이졸데, 단테가 『신곡』에서 질투했던 파울로와 프란체스카, 그리고 아벨라르와 엘로이즈, 스탕달이 언급했던, 이룰 수 없는 사랑 때문에 연인과 함께 음독을 선택한 어느 병사의 사랑 같은.

그러나 스탕달이 언급한 이 모든 열정적인 사랑의 모델은 사랑의 성취를 가로막는 '장애물들', 즉 금기들을 위반하는 위반의 욕망과 더불어 더욱 강력해진 열정들이었고, 결국 그 장애물들로 인해 파멸해 버린 사랑들이다.

신데렐라가 왕자와 결혼한 후에 무슨 일이 생기는지를, 세상은 애써 감춘다.

모든 낭만적 사랑의 신화와 전설은 비극적인 파국 혹은 죽음과 함께 멈춘다.

욕망은 실현을 갈망하고, 기다리지만, 성취와 함께 스스로 변형을 꿈꾸기 시작한다.

다른 형태로 상승하거나, 혹은 다른 대상을 갈망하거나.

사랑에 늘 실패하기만 했던 스탕달, 그는 **낭만적 열정과 시간의 관계**에 대해선 깊이 숙고할 기회조차 없었다.

＊

나는 여기서 플라톤의 에로스론을 검토할 필요를 느낀다. 플라톤의 에로스론은 독특하게 '사랑의 변형과 상승 운동'을 이야기하기 때문이다. 일종의 사랑의 사다리론이다.

플라톤은 『향연』에서 에로스를 '아름다움에 대한 갈망'으로 정의한다. 그리고 그 미에 대한 갈망은 인간을 불멸로 이끌 생산에 대한 갈망과 다름없다.

플라톤은 미를 생산하는 에로스의 능력을 무한히 예찬하면서 에로스가 어떻게 육체적인 것에서 정신적인 것으로, 궁극적으로 미의 이데아에 대한 사랑으로 상승할 수 있는가를 논한다.

세 단계에 걸친 사랑의 상승 운동.

육체에서 정신으로, 정신에서 이데아로.

사랑의 상승적 변형 운동.

혹은 다른 형태의 변형과 상승도 가능할 것이다.

정신에서 육체로, 다시 육체적인 것과 정신적인 것의 통일로, 거기서 다시 정신적인 사랑으로.

문제는 그러한 '상승적 변형'이 실제로 가능할 것인가 하는 것이다.

✳

에로스가 육체적인 것의 기쁨을 넘어 정신적인, 성숙한 사랑의 기쁨으로 변형되기 위해서는 하나의 삶에 얼마나 희귀하고 드문 **'우연한 행운'**이 필요할 것인가? 또는 행운 이상의 얼마나 커다란 의지와 노력, 인내가 필요할 것인가?

✳

나는 우리에게 『자유론』으로 익숙한 영국 철학자 존 스튜어트 밀과 해리엇 테일러의 아름다운 사랑을 떠올린다.

20여 년의 걸친 정신적 사랑을 거쳐 비로소 결혼으로 결합한 후에도 육체와 영혼의 내밀한 결합을 지적으로 승화시킬 수 있었던 연인.

1907년생인 해리엇 테일러가 그녀보다 한 살 위인 밀을 처음 만나게 된 건 1930년이었다. 그녀는 스물네 살이었지만 당시 풍습대로 이미 4년 전에 결혼해서 아이가 둘이나 있는 유부녀였다. 머지않아 자녀는 셋으로 늘어날 것이었다. 그러나 그녀는 시를 쓰고, 철학과 당시 여성의 지위에 관심이 많은 페미니스트적 성향을 가진 지적인 여성이었다.

조숙한 천재로 이미 유명했던 존 스튜어트 밀은 목사의 소개로 그녀를 만났다. 둘은 단번에 서로를 알아보았다. 서로의 지성적인 매력에 빠져들었고, 자유롭고 진보적인 사고방식에서 두 영혼이 급격하게 일치함을 느꼈다.

밀에게 그녀는 깊은 사유와 고결한 감정, 사회에 대한 따뜻한 마음을 가진 여성이었다.

당시 존 스튜어트 밀은 우울증을 겪고 있었다. 너무 어린 시절부터 지속된 혹독한 공부에 지친 나머지 정서적인 위기를 겪고 있었다. 모든 의욕을 잃고 삶에 대한 지리멸렬한 의혹에 빠져 있었다.

해리엇, 그녀가 그를 그런 위기에서 구해냈다.

밀은 당장에라도 그녀와 완전한 결합을 갈망했으나, 해리엇은 남편과는 사실상 별거 상태로 들어갔을지언정, 양심의 가책과 사회적인 시선 등 복잡한 문제로 밀의 그런 간청을 받아들이지 않았다.

그들은 에로스를 변형시키기로 했다.

그들은 규칙적으로 만나 학습하고 토론했고, 공동의 저서를 써나갔고, 주말이면 해변으로 자주 나들이를 가곤 하며 순수한 정신적인 사랑의 연대를 굳건하게 키워나갔다.

그러나 사실, 독신이었던 밀은 기다리고 또 기다렸다. 그의 에로스는 사라지지도, 포기되지도 않았다. 행운이 그를 도와줄 '때'를, 그 언젠가의 '때'를 기다리며 그녀와 공동의 지적인 작업만을 계속 이어갔다.

그들의 사랑이 마침내 결실을 맺게 된 건 1851년, 첫 만남 이후 20여 년의 세월이 흐른 후였다. 그때 밀은 마흔다섯, 해리엇는 마흔넷이었다. 해리엇의 남편이 사망한 지 2년이 흐른 후의 일이었다.

✳

해리엇 테일러는 오늘날 페미니즘 사상가로 알려져 있다. 그녀는 1851년에 『여성의 해방』이라는 책을 썼고, 밀은 그녀의 사상을 지지하며 그 자신도 1869년에 『여성의 예속』이라는 책을 쓰며 여성의 참정권과 투표권을 강력하게 주장했다.

존 스튜어트 밀은 자신의 성숙한 지적 결실을 거의 해리엇와 공동으로 진행한 것이었다고 스스로 밝히곤 했다. 그의 대표작 『자유론』 역시 마찬가지였다. 그는 그 책조차 공동저자로 발표할 계획이었다. 그러나 그녀는 그 책이 출판되기 일 년 전에 그만 사망하고 만다. 1858년 둘이 함께 떠난 프랑스 여행지에서 갑작스런 폐출혈이 들이닥쳐 그녀를 죽음으로 몰아갔다.

밀은 그 책을 미완성인 채로 출판하며 공동저자인 그녀에게 헌사를 바쳤다.

그는 "사랑스런, 그러나 한편으론 가장 커다란 비탄의 기억도 함께한 "그녀를 추모하는 헌사를 남겼다.

밀은 그녀가 떠난 후 15년을 더 비탄과 고독 속에 살아야만 했다.

그녀와 함께한 우정과도 같은 사랑의 20년과 함께 살았던 가장 행복했던 7년을 추억하며, 그리워하며 남은 생을 보냈다.

✳

어쩌면 진정한 사랑은 욕망 너머에서부터 시작되는지도 모른다. 격정의 대화산 폭발 이후, 육체적 열정이 정신적 열정으로 '변형'되기 시작하는 순간부터.

스탕달은, 아마도, 그런 사랑이야말로 그가 말한 '성숙한 사랑'이라고 생각할지도 모른다.

플라톤이 말한 이상적인 사랑도, 지고한 미의 이데아에 가닿는 에로스의 완성도 바로 그런 형태에 가서야 가능할 것이다.

그러나, 짧고 덧없는 단 한 번의 삶에서, 이상적인 대상을 만날 수 있도록 이끌어 주는 행운의 여신 티케의 다정한 손길이 없다면, 어떤 아름다운 연인도 고독을 피할 수 없으리란 사실도 자명하다. 나아가 그런 대상을 알아볼 수 있는 **'지혜'** 없이는, 티케 여신의 도움조차도 헛되고 말리란 것도.

✳

　육체의 결합 이상으로 강고한 결합은 정신의 결합이다. 그것은 고대 철학자들이 말한 지고한 우정의 형태에 더 가깝다.

　사랑의 매혹은 아름다움의 실현에 있다. 성적인 교합은 그 자체도 순수하고 아름다운 것이지만, 거기서 그칠 때, 그 사랑은 시간의 중력에 빨려들어 결국 쇠잔해지고 말라갈 수밖에 없다.

　사랑의 진정한 이데아는, 욕망과 감정을 초월하는 데에, 이성적이고 **사려 깊은 지혜**phronesis**의 노력**을 통해 두 영혼이 지적 정신적 상승의 이데아를 끝없이 추구하는 데에 있다.

　그러나 오늘날, 이런 아름다운 사랑의 형태를 진정으로 갈망하는 이들은 어디에 있는가? 혹은 인생이, 운명이, 다시 말하지만 하필이면 어느 두 영혼에게 얼마나 관대하고 지극히 큰 사랑을 베풀어야만 이런 만남 자체가 가능할까?

제 41 장

_____ 에덴의 동쪽

우리는 우연한 존재다. 우리는 우리가 잉태되던 하필 그날, 그 순간에 어떤 일이 일어났는지 모르고, 자궁 속에서 어떤 살벌하고 이기적인 정자 전쟁이 벌어졌는지도 알 길이 없으며, 다만 우리는 결코 원하지도 않았던, 이 생이라는 달갑지 않은 고해의 바다에 벌거벗은 채로 내던져졌을 뿐이다.

내가 지정하지도 않은 어느 별자리, 어느 성좌의 운명을 짊어진 채로.

별자리를 따라 먼 길을 걸어 자신이 탄생할 말구유까지 동방박사들이 찾아와 유향과 몰약을 바치며 성스러운 축복을 내려준 구세주의 운명을 타고난 남자조차도, 머리엔 가시면류관을 쓰고, 어깨엔 천근 십자가를 짊어진 채로 높은 골고다산을 오른 후에, 병사들의 날카로운 창에 찔려 죽는 고초를 당해야만 하지 않았던가?

또 그 구세주가 태어나던 때, 예루살렘 부근의 얼마나 많은 영아들이 영문도 모른 채 무참하게 살해되어야만 했던가? 그렇게 살해당한 아기들의 별자리는 과연 무엇이었을까?

✳

구세주는 인간들을 향해 이렇게 말했다. "수고하고 무거운 짐 진 자들아 다 내게로 오라 내가 너희를 쉬게 하리라."[21]

아담과 이브가 에덴의 동쪽으로 추방된 이래, 인간들이 수고하고 무거운 짐을 짊어질 운명은 이미 정해진 것이었다. 신은 남자들에겐 고된 노동의 고역을, 여자들에겐 임신과 출산의 고통을 주었다.

신이 고통을 통한 정화와 인식의 땅으로 지정한 에덴의 동쪽에서 사는 삶. 이곳에서의 삶은 무거울 수밖에 없다.

우리가 어떤 신의 의도와 목적, 즉 존재하게 된 의미가 있는 피조물로 이해되는 한, 삶은 의미로 가득 차게 되고, 우리의 행동 하나하나, 숨결 하나하나까지 무거운 도덕적 무게를 가질 수밖에 없다. 그 신은 우리의 '머리카락 수'까지 헤아리며, 전방위적으로, 24시간 내내, 심지어 사랑을 나누는 침대 안에서 일어나는 비밀스럽고 외설적인 사업까지 날카롭게 째려보며 우리를 감시하고 있다.

에덴의 동쪽은 거대한 투명 수족관이다.

그러나 니체가 신의 죽음을 공표한 후, 세상은 가벼워졌다. 참을 수 없을 정도로, 바람 빠진 풍선처럼, 초봄에 하늘을 뒤덮는 황사먼지처럼, 가볍디가벼워져 작은 바람에도 폴폴거리며 날아가 버릴 것만 같다.

개인의 자유, 라는 이름의 바람이, 폭풍이 거세게 불어오고, 우리는 모래알처럼, 먼지처럼 흩어진다.

자유의 바람 속에서, 먼지들은 우연의 원자들처럼 바람에 실려 이리저리 순간적으로 맞부딪쳤다 떨어지고, 다시 결합하고 해체하면서 허공 속을 떠다닌다.

이제 에덴의 동쪽은 황사먼지 자욱한 고비사막이 되었다.

제 42 장

_____ 세렌디피티 또는 젬블라니티

인생을 순전한 운과 우연에만 기대어 살아갈 수는 없다. 우리는 가
슴속에 봄날에 피어난 아름다운 프리지어꽃 같은 희망을 품고서, 행
운의 여신이 우리를 위해 멋진 파티를 예비해 두었기를 고대하면서,
힘써 노력하고, 투쟁하며, 열심히 살아간다. 한평생, 오직 불행만이
야멸찬 빚쟁이처럼 등 뒤를 노리고 있는 생도 있을까? 반대로 평생
일관되게 엄마 뒤를 졸졸 따라다니는 사랑스런 아기처럼 행운만이
뒤를 쫓아다니는 그런 생도 있을까?

아직 생이 무엇인지 모르던 시절, 들끓는 열성과 드높은 야심으로

세상을 휘어잡을 것처럼 동분서주하던 시절, 내게 큰 불운이 들이닥쳐 하마터면 세상과 하직할 뻔한 순간이 있었다.

막연한 이상과 지리멸렬한 현실에 대한 절망을 분노의 화염병과 쓰디쓴 소주로 쏟아내던 시절, 내 속의 억압된 분노는 현실이 아닌 내 위장에 구멍을 내고 말았다. 나는 까무룩 쓰러졌고, 다행히 눈을 떴을 땐 이미 수술까지 끝난 후 병원 침대였다.

사실 그것은 불운이라기보다 필연적인 사태에 더 가까웠다. 몸을 무시하고, 학대하고, 위장을 일회용 종이컵 다루듯 했으니. 단지, 어느 날, 어느 시각에 올 것이 오고만 것이었다. 그러니, 그것은 '준비된 불운'이었다.

세상의 많은 애주가, 애연가가 어쩌면 준비된 암환자일 수도 있듯이.

반면, 나는 동시에 행운아이기도 했다.

스스로 완전한 실패라고 규정했던 이십 대의 끝자락, 절망의 끝에서, 벼랑에 매달려 작은 나뭇가지를 부여잡듯이 우연히 알게 된 작가 공모전에 시험 삼아 응모한 것이 나를 소설가의 길로 들어서게 해주었다.

누군가가 그때 말했다. "그런 걸 세렌디피티라고 하지요! 준비된 행운 말입니다. 이미 작가가 될 충분한 준비가 되어 있었고, 이번에 우연히 그 기회가 찾아온 것뿐이지요. 그러니, 즐기세요!"

세렌디피티serendipity. 음성학적으로도 시적인 아름다움을 지닌 이 단어는 내가 우연과 운에 대해 처음으로 진지하게 생각하도록 만들었다.

'의도하지 않은, 우연하게 얻게 된 행운'을 의미하는 이 단어는 오늘날 '준비된 우연 혹은 행운'을 뜻한다. 그것은 엑스레이나 페니실린의 우연한 발견처럼 애초에 의도하지는 않았지만, 꾸준한 노력이 우연한 사건을 계기로 행운의 발견이나 발명, 혹은 성공으로 나타나는 경우를 말한다.

세렌디피티라는 단어는 페르시아의 옛날 우화 「세렌디프의 세 왕자The Three Princes of Serendip」에 관한 이야기에서 비롯되었다고 알려져 있다. 부왕의 명을 받고 모험심에 찬 여행을 떠난 세 왕자가 문제와 시련에 맞닥뜨릴 때마다 우연한 행운이 도와주었다는 이야기.

과학계에서는 이런 세렌디피티 효과가 잘 알려져 있다. 플레밍의 페니실린 발견, 전자레인지, 포스트잇, 이 모두가 원래 목적하던 연구와는 전혀 다른 방향에서 발견된 과학적 발견이었다.

덕분에 오늘날 많은 자기계발서류의 책들에서 이 준비된 행운, 세렌디피티를 만나기 위한 '노력'을 강조하는 걸 나는 종종 보아왔다.

'뜻밖의 행운을 발견하는 사람', 즉 '세렌디퍼serendipper'가 되라는 명령!

어쩌면 우연이 지배하는 삶에서, 행운을 고대할 수밖에 없는 인간으로선 노력이 언젠가는 세렌디피티를 가져다줄 것이라는 희망을 가질 수밖에 없는지도 모른다. 노력하는 자여, 그대에게 언젠간 행운이 찾아오리라!

그러나 당혹스러운 사실이 하나 있다. 세렌디피티적 발견은 예상치 못한 것을 무시해 버리지 않고, 그 낯선 만남의 독특함을 다른 각도에서 새롭게 인식하고 그 새로움을 따를 수 있는 지혜를 필요로 한다. 사람들이 항상 그런 새로운 연결을 발견할 능력과 지혜를 가질 수 있는 것도 아닌 것이다. 발명왕이라 불리는 에디슨이 등사판의 아이디어를 우연히 떠올렸을 때, 그는 당시 다른 발명에 몰두하고 있던 중이었다. 그럼에도 그는 어느 순간 불쑥 머리에 떠오른 그 아이디어를 흘려보내지 않았다. 그는 그 새로운 아이디어가 갖는 가치를 숙고했고, 폭넓게 사고하고 상상한 끝에 그 아이디어가 가져올 의미를 깨달을 수 있었다.

우리의 가열한 노력이 반드시 세렌디피티로 보상을 받으리라는 보장이 없는 것도 잔혹한 우연의 법칙, 우리는 그저 겸손하게 성심성의를 다하는 수밖에, 히브리스를 경계하면서, 주사위를 힘껏 던지면서, 기대는 하지만 어떤 패가 나오든 니체처럼 '긍정'하는 수밖에.

니체는 그것을 운명애Amor fati라고 불렀던가?

✳

영국의 소설가 윌리엄 보이드는 1998년, 그의 소설『아르마딜로Armadillo』에서 세렌디피티의 반대 뜻을 가진 단어 '젬블라니티zemblanity'를 제안했다. 따뜻한 대기, 향신료, 무성한 숲과 벌새들이 노니는 아름다운 땅, 세렌디프. 세렌디프는 오늘날 스리랑카의 옛이름인 실론을 가리키는 말이었다.

보이드는 세렌디프와는 정반대극에 있는 장소, 황량하고 추운 머나먼 북쪽, 얼음과 삭풍, 차가운 바위들만 있는 장소, 젬블라Zembla를 상정한다. 실제로 젬블라는 한때 핵 실험이 이루어졌던 러시아 북쪽의 군도인 '노바야제믈랴Novaya Zemlya'라는 이름에서 따온 것이다.

젬블라니티는 '차라리 모르거나 하지 않았으면 더 나았을 법한, 예상되는 불행과 불운을 자초하게 되는 행위 능력'을 뜻한다. 한마디로 알고 싶지 않은 것을 피할 수 없게끔 스스로 찾아내게 되는 발견이다.

그것은 세렌디피티와 반대극인 준비된 불운이다.

저 사람과 연인이 된다면 불행을 결코 피할 수 없을 거야.

내가 다시 술을 입에 댄다면, 나는 분명 결코 술을 끊지 못하게 될 거야.

∗

우리의 삶은 크고 작은 온갖 세렌디피티와 젬블라니티 사이에서 왕복운동을 한다. 하늘에서 우연의 비가 여름철 폭우처럼 우리의 어깨 위로 떨어진다.

우리는 어떤 우연이 복을 가져오는지, 화를 가져오는지 미리 알 수 없다.

코끼리 다리를 더듬는 장님처럼, 우리는 생이라는 괴물의 다리를 붙잡고 그 괴물을 이기기 위해 날마다 고군분투하며 웃고 울 따름이다.

그럼에도,

우리가 이 생을 사랑해야 하는 이유가 있다면, 우리가 삶에 아직도 매혹을 느껴야 하는 이유가 있다면, 그것은 과연 무엇일까?

제 43 장

_____ 우연의 새와 함께

해가 이울기 시작할 무렵, 산책을 하기 위해 집을 나섰다. 버드내를 따라 길게 뻗어 있는 산책로를 향해.

버드내라는 말은 '버드나무들이 있는 개울'이란 순우리말이다.

버드나무들이 개울을 따라 줄지어 서있고, 벚꽃들은 어느새 거의 다 져버렸다. 사람들이 운동을 위해, 혹은 산책을 위해 산책로를 따라 걷고 있고, 풀밭엔 강아지들이 뛰어놀고 있다.

한 소년, 아니 이젠 소년이 아닌, 수십 년 전 절망에 빠져 있던 그 소년과는 몸도 마음도 달라진, 마치 그때 그 소년과는 아무런 상관이 없는 완전히 다른 한 중년 남자가 그 소년은 전혀 알지 못했던 낯선 도시의 한 강변을 걷고 있다.

버드나무는 짙은 연두색으로 변하고 있었다. 그의 곁으로 한 젊은 여자가 검정색 레깅스를 입고 마스크를 한 채로 스치듯 빠른 걸음으로 지나갔다.

남자는 불현듯 며칠 전 오랜만에 만났던 오랜 제자와 나눈 대화를 떠올렸다.

"선생님을 처음 뵌 게 벌써 십 년 전, 제가 스물한 살 때였어요. 그런데 벌써 십 년이나 지났다니 실감이 안 나요. 그런데도 전 아직, 아니 이제야 출발선에 다시 선 기분이에요."

그녀는 순전히 혼자의 힘으로 힘들게 준비하여 독일로 유학을 갔지만, 코로나 사태가 터지는 바람에 다시 돌아와야 했다. "괜찮아요. 제겐 좋은 경험이었어요. 오히려 돌아와서 전 새로운 희망을 발견하고 있는 걸요."

남자는 그 아이를 처음 보았던, 우연이 이끌어 주었던 순간을 더듬었다. 가족을 위해 대학까지 포기하고 일하고 있던 아이. 그녀의 꿈과 소망들, 그리고 재능. 코로나라는 우발적 사태가 다시 하나의 꿈을 접게 만들었지만, 단단하게 새로운 미래를 향해 걸음을 내딛고 있는 모습이 그저 대견하기만 한 아이. 아니, 이젠 진짜 성숙한 숙녀가 된 그녀.

남자는 앞으로 그녀에게 펼쳐질, 지금의 시간 속에서 분기해 갈 여러 경로의 **시간의 미래들**을 머릿속으로 그려 보았다. 그리고 그녀에게, 그녀를 위해, 그녀 자신도 모르게 예비되어 있을지도 모

를, 그녀를 행복으로 혹은 불행으로 이끌 이런저런 가능한 **우연의**
미래들도 상상해 보았다. 그리고 그런 상상은 어쩔 수 없이 남자의
지나간 세월 동안 겪었던 수많은 행불행의 사건과 장면들을 떠오르
게 했다.

　남자는 걸음을 멈추고 주변을 돌아보다 가까운 곳에 있는 돌
징검다리 곁의 풀밭에 털썩 주저앉았다.

　그리 멀지 않은 곳에서 한 남자가 한가롭게 낚싯대를 드리우
고 있었다.

　돌징검다리 위로 두 아이가 즐겁게 깡충깡충 뛰면서 건너오고
있었다.

　가까운 버드나무에서 새들이 지저귀는 소리가 들려왔다.

　그는 무심한 시선으로 강 주변의 풍경을 바라보았다. 하늘이
조금씩 붉은빛을 띠어가고 있었고, 저녁 바람이 불어와 머릿결을 흐
트렸다.

　두서없는 상념들이 머릿속을 휘젓다. 멀거나 가까운 과거의
흐릿한 장면들에 가닿았다.

　남자는 천천히 기억을 더듬어 나갔다. 긴 세월 동안 자신에게
일어났던 일, 일어나지 않았으면 좋았을 일, 희망했지만 좌절을 주
었던 일, 꿈처럼 달콤했거나 가슴을 벅차게 만들었던 일, 상심에 빠
뜨렸던 일, 후회막급인 잘못들, 어리석은 과오들, 저기 지저귀는 새
들처럼 다가와 어깨 위에 내려앉았던 그 숱한 우연의 축복 혹은 재
앙 들. 우연과 더불어 아름답게 춤추고 싶었으나, 너무 자주 과잉된

격렬함 속에서 중심을 잃거나 혹은 잘못된 스텝을 밟으며 놓쳐버린 행운의 손길들.

그러나 남자는 그 모든 매혹적이거나 쓰라린 사건들에도 불구하고, 지금 여기 이렇게 존재하고 있다는 사실을 새삼 느끼며 머리칼을 쓸어 넘겼다.

모든 건 다 지나가고, 생은 이렇게 지속되는 거야, 하고 남자는 생각했다.

한때 그는 생의 의미를 찾아 헤매기도 했었다. 소년 시절 겪었던 두 번의 죽음과 자살에 대한 충동, 나락으로 추락해 버린 기억들 탓에 너무 일찍 생의 허무를 맛보았던 남자는 계속 살아가야 할 이유를 찾기 위해 부단히 발버둥치기도 했다.

그러나 이제 생의 의미 따위는 있어도 좋고 없어도 좋았다. 생의 경험 자체, 행복하거나 불행하거나 어쨌듯 가차 없이 흘러가는 생의 시간 속에서 삶을 채워주었던 그 모든 경험들 자체가 의미라고 해도 좋을 것이었다.

그는 새들의 지저귐을 다시 생각했다.

우연의 새들. 저 우연의 새들이 다가와 자신의 어깨 위에 내려앉을 때마다, 자신 속에 잠들어 있던 또 다른 자아들이 깨어나고, 원자들의 우연한 클리나멘이 새로운 원자의 결합을 낳고 그것이 더 큰 새로운 무언가로 변형되듯, 매번 자신의 자아가 변형되고, 새로운 삶의 지평이 열린다.

탄소 원자들이 어떻게 결합하느냐에 따라 숯이 되기도 하고 다이아몬드가 되기도 하듯이, 우연은, 우연이 이끄는 클리나멘은, 늘 우리 속에 내재되어 있지만 지금까지는 우리 자신에게 전혀 알려지지 않았던 새로운 자아를 발굴해 내고, 새로운 삶을 창조하도록 이끌어 준다. 그 모든 자아들이 만들어 가는 이야기들이 삶을 살아 있는 예술작품으로, 고유하고 독특한 그림들로 엮인 개성적인 작품으로 형성해 가는 것이다. 새로운 자아 창조의 가능성을 열어줌, 여기에 또 하나의 우연의 신비가, 우연의 축복이 놓여 있다.

그는 다시 주사위 던지기를 생각했다. 생은 지속되고, 또 앞으로 나아가고 있었다. 남자는 생각했다. 생은 우연을 넘어서는 것이다. 아니, 우연의 새들의 지저귐과 함께 나아가는 것이다. 우연이 생을 파괴할지라도, 가혹한 운명의 무게를 짐 지울지라도, 생은 존재하는 것이다. 지금 이 순간처럼, 그렇게.

나는 몸을 일으켰다. 어느새 붉은 석양이 먼 산에 걸쳐 있었다. 해가 저물고 있었다. 남자는 마치 소년 시절, 몸을 환하게 일으키며 새로운 운명의 창조자가 되기를 결심한 그 순간처럼, 미래의 시간을 향해 힘껏 주사위를 내던지던 바로 그 순간처럼, 걸음을 힘차게 내딛으며 버드나무가 드리워진 길을 따라 나아가기 시작했다.

우연의 생 ― 김운하 에세이

제44장

_____ 프루스트

마르셀 프루스트가 『잃어버린 시간을 찾아서』 제1권을 자비로 출판한 것은 1913년, 마흔세 살 때였다. 1914년에 제1차 세계대전이 일어났고, 그는 잠시 카부르로 떠났다.

파리로 돌아오는 길에 그는 다시 발작을 일으켰고 위기가 닥쳤다.

그때 프루스트는 내적으로 굳은 결심을 하게 된다. 생이 얼마 남지 않았고, 자신의 유일한 임무인 책을 끝내는 데 남은 생을 온전히 바쳐야만 한다고. 그리고 그때부터 죽음이 닥치는 8년 후 1922년까지, 그는 은둔 생활로 들어간다.

프루스트는 잃어버린 시간을 찾아가는 글쓰기를 위한 투쟁뿐 아니라, 병 때문에 점차 줄어드는 자신의 생의 시간과도 투쟁해야만 했다.

그는 자신을 곁에서 돌보던 여인 셀레스트에게 이렇게 말한다.

"셀레스트, 당신에게 말해야만 할 것이 있어요. 나는 당신과 함께 카부르를 여행했어요. 그러나 이젠 끝났어요. 이제 다시는 떠나지 않겠어요. 카부르고 어디고 군인들은 목숨을 바쳐 자기 임무를 다하고 있어요. 난 그들처럼 싸울 수 없어요. 나의 임무는 책을 쓰는 것, 작품을 만드는 것이지요. 다른 일에 신경을 쓰기에는 시간이 너무 촉박해요."[22]

나는 프루스트를 생각할 때면 그가 쓴 소설 『잃어버린 시간을 찾아서』의 사랑스러운 한 장면이 떠오르곤 한다. 그리고 어느 순간, 프루스트는 나에게 우연의 신비가 감추고 있는 결정적인 한 가지를 불현듯 깨닫게 해주었다.

그것은 우리 각 존재자들의 '절대적 단일성absolute singularity'과 '대체불가능irreplaceability'의 개념이었다.

『잃어버린 시간을 찾아서』의 제1권. 아직 어린 유년의 나이로 예민하기 짝이 없는 주인공은 우리 또한 유년 시절에 그랬듯 엄마와 떨어져 혼자만의 방에서 잠드는 것에 대한 불안을 갖고 있다.

우연의 생 — 김운하 에세이

콩브레에서 살던 시절, 아이는 매일 해가 질 무렵이면 엄마와 할머니 곁에서 멀리 떨어져 잠자리에 들어야만 했고, 그래서 잠을 이룰 수 없는 순간이 오기 훨씬 전부터 아이의 침실은 불안의 고통스러운 고정점이 되었다. 그럴 때마다 너무도 슬퍼하는 아이를 위해 가족들은 아이의 기분을 바꿔주려고 마술 환등기를 생각해 냈고, 그 마술 환등기는 방의 불투명한 벽을 미묘한 무지개빛과 여러 빛깔로 아롱진 초자연적 환영들로 바꾸어 놓지만, 그런 장치는 오히려 아이의 슬픔을 더 크게 만들 뿐이다. 아이 생각엔 방에 대한 습관 덕분에 잠자리에 드는 형벌을 제외하고는 그런대로 견딜 만했는데, 마술 환등기로 방의 분위기가 바뀌는 바람에 오히려 그 습관마저 파괴되어 버렸기 때문이다.

잠을 자러 침실방으로 올라갈 때, 슬픈 아이의 유일한 위안과 희망은 아이가 침대에 누우면 엄마가 와서 굿나잇 키스를 해주는 것뿐이다. 그러면서도 아이는 엄마가 올라오는 인기척이 들리면 그 때야말로 더욱 고통스러운 마음이 되고 마는데, 그건 엄마가 자신 곁을 떠나 아래로 내려가는 순간을 예감하게 되기 때문이었다. 아이는 "다시 한번 키스해 주세요." 하고 말하고 싶지만, 그러면 엄마가 금방 화를 낸다는 걸 알기 때문에 혼자 전전긍긍할 뿐이다. 더욱이 손님이 온 관계로 엄마가 아이에게 저녁 키스를 하지 못하는 날엔 슬픔과 고통이 더욱 커지고 만다.

나는 이 장면을 읽을 때마다 미소를 지으며 내 유년 시절의 밤들을 더듬어 찾곤 하는데, 둔감한 나로선 그토록 어린 시절에 대한 기억이라곤 암흑 지대나 마찬가지여서 프루스트의 기억력에 찬탄하고, 또 굿나잇 키스를 받아본 기억이 없어 그런 경험 자체가 자못 부럽기만 했다. 아마도 주인공 아이는 마르셀 프루스트 자신의 유년 시절의 기억에 바탕을 두고 있을 터인데, 사실 『잃어버린 기억을 찾아서』라는 소설 전체가 작가인 마르셀 프루스트 자신의 개인적인, 세상에서 유일무이한 고유한 삶의 경험과 기억에 바탕을 두고 쓰인 책이라는 사실을, 우리는 잘 알고 있다.

어쩌면 프루스트뿐 아니라, 내가 가진 모든 삶의 기억들도 오직 나에게만 속하는 것으로, 지구상에 존재하는 수십억 사람들이 가진 각자의 기억과는 전혀 다른 유일무이한 것이리라.

인류가 탄생한 이래 『잃어버린 기억을 찾아서』라는 작품은 쓴 작가도, 그 작품 속에 깃든 기억의 총체를 소유했던 사람도, 1871년 7월 10일 프랑스에서 태어나 어린 시절을 콩브레에서 보냈고, 아름다운 책을 쓰다 1922년 파리에서 사망한 바로 그 마르셀 프루스트, 단 한 사람, 그 유일무이한 존재뿐이다.

그것이 바로 존재의 절대적 단독성이다.

또한 바로 그것이 마르셀 프루스트를 세상 누구와도 대체할 수 없는 대체불가능성이다.

프루스트뿐 아니라, 나, 그리고 이 책을 읽는 누군가인 당신, 호모 사피엔스라는 종에 속하는 한 개인이긴 하지만, 그럼에도 특정한 시공간에서, 특정한 부모를 둔, 그리고 독특한 한 삶을 만들어 가는 우리 각자는 절대적으로 대체 불가능한 유일무이한, 절대적인 단독자들이다.

우리는 우연이 빚어낸 우연의 산물이지만, 바로 그 우연이 마르셀 프루스트와 나와 당신을 세상에서 절대적으로 대체 불가능한 단독자로 만든다.

인간뿐 아니라, 개체로 존재하는 모든 존재하는 것들, 우리 집 화단에 솟아난 고욤나무 한 그루, 화단을 뛰어다니는 내 고양이, 봄날 절로 마당에 피어난 이름 모를 봄꽃, 그 모든 존재들이 단독자들이다.

우연의 진정한 신비가 은폐하고 있는 수수께끼란 다름 아닌 그런 단독성들이 이 세상을 풍요롭게 하고 싱그러운 생명의 그물망 전체를 창조하는, 그러한 약동하는 생명력에 있을 것이다.

그런 의미에서 우연이야말로 창조력이며, 생명들로 하여금 끊임없이 우연의 새들을 내려보내 새로운 방식으로 생명을 탄생시키고, 변이를 일으키게 하고, 존재의 풍요와 아름다움을 선물하고 있다고 해야 하리라.

생명 사랑의 필연성도 바로 그러한 사실, 즉 우연이 선물한 절대적 단독성에서 솟아난다. 세상에 실제로 존재하는 것은 '호모 사피엔스'라는 종이 아니라, 대체 불가능한 단독자들로 존재하는 개인 혹은 개체들이다.

우리가 사랑의 상실과 결별을 슬퍼하는 이유도 거기에 있다.

내가 사랑했던 '바로 그 사람'은 단독자이고, 대체 불가능하기 때문이다.

＊

우연의 진정한 비밀은 사랑이다.

대체 불가능한, 절대적으로 단독자들인 모든 존재자들에 대한
사랑.

제 45 장

_____ 순간과 영원의 불꽃

단 한 번뿐인 생. 매 순간이 최초이고 유일한 순간이기에, 온통 오류
와 실패, 과오와 실수들로 뒤범벅될 수밖에 없는 그것. 각기 자신에
게 꼭 맞는 맞춤형 나침반이란 게 없기에, 인생의 행로에서 얼마나
자주 길을 잃거나 커다란 착오 속에서 엉뚱한 길로 들어갔다 낭패
를 당하거나, 예기치 못한 함정에 빠져 절망에 빠지게 되는가?

마치 출구를 알 수 없는 미로 속에서 방황하는 것처럼.

쇼펜하우어의 말처럼, 인간은 과연 권태와 고통 사이에서 흔
들리며 갈 수밖에 없는 것일까? 생이 종말을 고해 영원한 휴식을 취
하게 될 때까지.

그러나 우연한 탄생과 함께 우리에게 주어진 이 삶은 하나의 운명이 되고, 종말인 죽음은 필연적으로 우리를 기다린다. 벌거벗은 육신, 회오리바람처럼 소용돌이치며 우리에게 다가와 부딪히는 무수한 우연의 빗줄기 아래서 속절없이 부서지기 쉽고 취약한 우리의 존재, 삶은, 한편으론 덧없고, 또 다른 한편으로는 아름답다.

제어할 수 있거나 혹은 제어할 수 없는 사건들의 장소인 우리는, 우리에게 일어나는 모든 사건들의 미학적인 표현이 되길 갈망하고 또 기다리면서 각자 고유하고 독특한, 태피스트리를 짜나간다.

각자의 삶이 한 편의 아름다운 예술작품이 되도록.

에피쿠로스는 노년이야말로 더 많은 행복한 추억을 지니고 있으므로 청춘보다 더 행복하다고 썼다. 잃어버린, 망실된 과거 속에서 아름다운 꽃들처럼 만개한 다채로운 추억의 정원에서 살 수 있으므로, 그는 노년에도 행복할 수 있었고, 죽음의 순간에도 그 추억속에서 평온히 눈을 감을 수 있었다.

우리 생에서 뜨겁게 타올랐던 순간들의 불꽃은 재만 남기고 꺼지지만, 불꽃의 기억은 영혼 속에 영원히 각인된다.

마르셀 프루스트는 잃어버린 시간을 찾아서 여행을 하고, 되찾은 기억들에 관한 아름다운 책을 썼다.

덧없는 시간이 빚어낸 한 송이 아름다운 꽃.

프란츠 카프카는 예기치 않게 찾아온 폐결핵에 너무 짧은 생을 하직해야만 했다. 그는 죽기 전에 친구 막스 브로트에게 자신의 미발간 원고들을 모두 불태워 버리라고 유언했다. 그는 병으로 기진

273

맥진한 상태에서 막스 브로트에게 이런 말을 했다. "존재가 이렇게까지 허약하지만 않다면 얼마나 좋을까."

그러나 카프카는 종말이 오기 석 달 전에도 그의 마지막 작품이 될 《가수 요제피네 혹은 쥐의 족속》을 쓰면서, 그 작품의 마지막 문장에 마치 유언처럼, 이런 문장을 남겼다. "그러니까 우리로선 별로 아쉬울 것도 없을지 모른다. 요제피네는 현세의 고통에서 구원되었고… 구원으로 승화되어 잊힐 것이다. 그녀의 동지들이 모두 그랬듯이."[23]

✳

모리스 블랑쇼는 소설 『기다림 망각』에서 이렇게 썼다.

"각 순간과 마주해 우리는 언제나 마치 그것이 영원인 것처럼 여기고 나아가야 한다. 그리고 각 순간은 우리에게서 다시 덧없는 것이 되어버리기를 기다린다."

✳

오늘도 나는 이 덧없는 생의 한가운데서, 아직은, 아직까지는 그것이 무엇인지도 모르는 기다림으로, 기다리며 서성이고 있다. 거듭되는 우연의 거센 바람을 맞으면서도 하나의 운명의 단단한 닻줄이라도 기다리듯이.

내 영혼은 생 앞에서 자주 흔들리고, 비틀거리면서 방황하고, 눈부신 봄날에 피어오르는 꽃들을 보면서 밀려드는 까닭 없는 애처로움에 당황해한다.

덧없고 속절없기 때문에, 더욱 하염없이 갈망하게 되는 순간들이 있다.

붙잡을 수 없기 때문에 더욱 설운 사랑들이 있다.

속수무책의 결별로 더욱 아픈 이별들이 있다.

기약 없는 기다림으로 더더욱 간절한 기다림이 있다.

아연실색하는 욕망의 클리나멘이 있다.

끝나지 않는 책 읽기처럼, 결코 끝낼 수 없는 사랑의 편지 쓰기처럼 미혹하는 생의 순간들이 있다.

그리고 무엇보다, 대체 불가능하기 때문에 우리 가슴을 설레게 하고, 사랑을, 절대적으로 사랑만을 요구하는 고유한 존재들이 있다.

생이 지속되는 한, 우리는 여전히 생의 한가운데에 있다. 지나간 가장 아름다웠던 순간들을 추억하듯, 지금 이 순간을, 다가오는 매 순간들을 맞이할 날들에 대한 사려 깊은 배려를 망각하지 않는 지혜에 대한 소망이 있다.

생 자체가 매혹적인, 유일무이한 한 편의 시가 되길 소망하는 연약한 존재들이 있다.

미주

1) 밀란 쿤데라, 『참을 수 없는 존재의 가벼움』, 이재룡 옮김, 민음사, 2018

2) 모리스 블랑쇼, 『기다림 망각』, 박준상 옮김, 그린비, 2009.

3) 에밀 시오랑, 『내 생일날의 고독』, 전성자 옮김, 에디터, 1994.

4) 사라 베이크웰, 『어떻게 살 것인가』, 김유신 옮김, 책읽는수요일, 2012, 195쪽.

5) 라이너 슈타흐, 『어쩌면 이것이 카프카』, 정항균 옮김, 저녁의책, 2017, 32쪽.

6) 클라우스 바겐바하, 『프라하의 이방인 카프카』, 전영애 옮김, 한길사, 2005, 177쪽.

7) 박홍규, 『카프카 권력과 싸우다』, 미토, 2003, 433쪽.

8) 호메로스, 『일리아스』, 천병희 옮김, 도서출판 숲, 2015, 702쪽.

9) 조에 부스케, 『달몰이』, 류재화 옮김, 봄날의책, 2015.

10) 『성경』, 대한성서공회, 공동번역성서, 전도서 11장 10절, 1087쪽.

11) 사라 베이크웰, 『어떻게 살 것인가』, 김유신 옮김, 책읽는수요일, 2012, 140쪽.

12) 아리스토텔레스,『시학』, 천병희 옮김, 문예출판사, 1989, 제15장, 87쪽.

13) 루크레티우스,『사물의 본성에 관하여』, 강대진 옮김, 아카넷, 2012

14) 에밀 시오랑,『내 생일날의 고독』, 전성자 옮김, 에디터, 1994, 242쪽.

15) 필립 로스,『죽어가는 짐승』, 정영목 옮김, 문학동네, 2015, 173쪽.

16) 『성경』, 대한성서공회, 공동번역성서, 1992, 욥기 7:15.

17) 버트란드 러셀,『인기없는 에세이』, 장성주 옮김, 함께읽는책, 2013, 326쪽.

18) 필립 로스,『죽어가는 짐승』, 정영목 옮김, 문학동네, 2015.

19) 에피쿠로스,『쾌락』, 오유석 옮김, 문학과지성, 2020, 26쪽.

20) 같은 책, 26쪽.

21) 『성경』, 대한성서공회, 공동번역성서, 마태복음 11장 28절.

22) 조르주 벨몽,『나의 프루스트 씨』, 심민화 옮김, 시공사, 2003, 64쪽.

23) 프란츠 카프카,『카프카 전집 1 변신』, 이주동 옮김, 솔출판사, 1997, 327쪽.

우연의 생

초판 1쇄 발행 | 2022년 3월 2일

지 은 이 | 김운하
펴 낸 이 | 이은성
편   집 | 구윤희, 최지은
마 케 팅 | 서홍열
디 자 인 | 파이브에잇
펴 낸 곳 | 필로소픽
주   소 | 서울시 종로구 창덕궁길 29-38 4, 5층
전   화 | (02) 883-9774
팩   스 | (02) 883-3496
이 메 일 | philosophik@hanmail.net
등록번호 | 제2021-000133호
ISBN 979-11-5783-237-8 03800

필로소픽은 푸른커뮤니케이션의 출판 브랜드입니다.